Un franc le volume

NOUVELLE COLLECTION MICHEL LÉVY

1 FR. 25 C. PAR LA POSTE

JULES NORIAC
(C.-A. CAYRON)

JOURNAL

D'UN

FLANEUR

NOUVELLE ÉDITION

CALMANN LÉVY, ÉDITEUR

ANCIENNE MAISON MICHEL LÉVY FRÈRES

RUE AUBER, 3, ET BOULEVARD DES ITALIENS, 15

A LA LIBRAIRIE NOUVELLE

EXTRAIT DU CATALOGUE MICHEL LÉVY

1 FRANC LE VOLUME. — 1 FR. 25 PAR LA POSTE

PARIS. — IMPRIMERIE CHAIX, RUE BERGÈRE, 20, PRÈS DU BOULEVARD MONTMARTRE. — 21766-2.

JOURNAL

D'UN FLANEUR

CALMANN LÉVY, ÉDITEUR

OUVRAGES

DE

JULES NORIAC

Forma' grand in-18

LE 101ᵐᵉ RÉGIMENT

Édition illustrée de 81 dessins, un volume grand in-16

F. AUREAU.   IMPRIMERIE DE LAGNY.

JOURNAL

D'UN FLANEUR

PAR

JULES NORIAC

(C.-A. CAYRON)

PARIS

CALMANN LÉVY, ÉDITEUR

ANCIENNE MAISON MICHEL LÉVY FRÈRES

RUE AUBER, 3, ET BOULEVARD DES ITALIENS, 15

A LA LIBRAIRIE NOUVELLE

—

1879

JOURNAL

D'UN FLANEUR

I

Aujourd'hui 20 mars, jour des Rameaux, je me suis levé de bon matin — dix heures — pour aller voir l'arbre des Tuileries, surnommé l'arbre du 20 mars.

Depuis bien longtemps j'accomplis cet innocent pèlerinage.

Quand j'ai contemplé ce marronnier, il me semble que j'ai déposé ma carte de visite chez le concierge du printemps.

Ce qui fait que si, par hasard, je rencontre le soleil, je ne suis pas gêné pour lui dire bonjour.

*
* *

Ce n'est pas que j'aime le soleil ; mais enfin nous demeurons si loin l'un de l'autre, que je ne vois pas la nécessité de nous brouiller.

*
* *

J'ai rencontré sur mon chemin une avalanche de verdure.

Les jeunes filles, les hommes, les femmes, les enfants, les vieillards portaient à la main, à la boutonnière, de verts rameaux de buis qui étincelaient sous les rayons du soleil.

Des gens du peuple, cochers ou postillons, fiacres ou charretiers, en avaient à leurs chapeaux. D'aucuns, plus religieux que convenables, en avaient illustré les oreilles de leurs chevaux.

Si M. Ernest Renan a mis le nez à sa fenêtre, il a dû être bien agacé.

*
* *

Car enfin il y a en France quarante millions de Français et de Françaises qui se font une fête d'acheter des branches vertes, de les placer sous leur toit, dans le lieu honoré, et de les regarder avec vénération durant toute une année.

Et cela en souvenir d'un événement bien simple : la station de Jésus au jardin des Oliviers avant son entrée à Jérusalem.

*
* *

Je ne veux pas discuter, mais je ne puis m'empêcher de prédire une chose : c'est que dans dix-huit cent soixante-quatre ans les protestants ne se panacheront pas de rameaux verts en souvenir de la visite d'Ernest au Jardin d'acclimatation.

* *
*

Je sais bien que cela ne prouve pas que Jésus soit Dieu ; mais cela prouve que M. Renan n'est qu'un homme, et c'est bien dur pour lui.

* *
*

Comme tout le monde j'ai acheté mon rameau. Je l'ai cloué près de mon lit. Pendant l'opération, une petite branche s'est détachée.

Je l'ai gardée. Je m'en servirai pour marquer dans l'édition impopulaire de *la Vie de Jésus,* le passage qui m'aura endormi.

Tel le célibataire soigneux dépose du vétivert dans ses vêtements, afin de les préserver des mites ou des mythes, comme il vous plaira.

* *
*

Pourquoi faut-il que le clergé ait crié comme ceux

qu'il brûlait jadis? Tout cela eût passé inaperçu. Mais que voulez-vous, il faut que le clergé fasse du bruit!

Jean lui-même, qui était un saint, aimait mieux prêcher dans le désert que de ne rien dire.

———

Ce soir je n'ai pas été voir l'*Ami des femmes*.

Pour beaucoup de raisons. La première, c'est qu'on ne jouait pas cette pièce.

*
* *

La seconde, c'est que je suis peu disposé à dépenser six francs pour aller voir cette comédie.

Presque tous les critiques du lundi, gens érudits et spirituels, ont dit que cette œuvre était médiocre, quelques-uns ont dit pitoyable.

Si, par aventure, j'allais trouver cette comédie ravissante!

Alors, je serais un imbécile?

Jusqu'à ce jour je me suis plu à me trouver intelligent.

Six francs pour perdre une illusion, en location, c'est un peu ch r.

*
* *

Si, au contraire, je vais au Gymnase et que je m'y ennuie?

Je ne serai pas intéressant du tout.

Comment, me dirais-je, les meilleurs esprits de ton siècle t'ont prévenu, et malgré ça tu as dépensé six francs. Tant pis pour toi, c'est bien fait; tu n'as que ce que tu mérites, ou plutôt tu n'as plus les six francs que tu ne méritais pas.

Lundi

Ce matin j'ai rencontré Dubief, un vieil ami à moi. Ce n'est pas une bête, et c'est un brave garçon.

— Il y a deux premières représentations ce soir, m'a-t-il dit, y allons-nous?

— Aux deux?

— Non, à une.

— A l'Opéra-Comique ou aux Français?

— Où nous trouverons deux places.

— Est-ce que tu crois qu'il nous sera difficile d'être parmi le groupe élu des cinq mille personnes qui verront ces deux chefs-d'œuvre?

— Si nous y arrivons, nous aurons de la chance. Mettons-nous en quête chacun de notre côté.

* * *

Resté seul, je me suis demandé pourquoi ce serait de la chance pour moi que de partager un plaisir avec quatre mille neuf cent quatre-vingt-dix-neuf personnes; cela me semblerait cependant bien naturel.

* * *

Je suis allé aux Français et à Feydeau, les *buralistes*

m'ont répondu :

— Tout est loué.

Un étranger était en même temps que moi aux guichets des deux théâtres. Comme il faut être hospitalier, je l'ai invité à partager ma disgrâce.

Cependant je témoignais un grand mécontentement ; il m'a dit :

— Heureusement le mois de juillet arrive et avec lui la liberté des théâtres.

Un étudiant qui passait a crié :

— Vive la sainte liberté !

Un voyou a dit en ricanant :

— En voilà un joli toqué.

Une marchande de crevettes a regardé l'étudiant avec une douce pitié :

— Pauvre garçon, disait-elle, il a l'air très-bien ; il est assez proprement mis. C'est t'y assez malheureux à cet âge-là.

*
* *

— Monsieur, ai-je demandé à l'étranger, quel changement la liberté des théâtres apportera-t-elle, je vous prie, à la curiosité du public? Pensez-vous qu'on louera moins de places qu'à présent?

— Vous m'amusez beaucoup, m'a répondu mon compagnon d'infortune. Vous croyez donc que les salles de spectacles sont louées par le public les jours de premières?

— Je le croyais.

— Quelle erreur! Les directeurs composent leurs salles en conséquence; ils font un service à la presse, au ministère d'État, à la censure, à la préfecture de police, aux artistes qui jouent dans la pièce.

— Pardon, je comprends le ministère qui a les théâtres dans son département, la préfecture de police qui est chargée de maintenir l'ordre, les journalistes qui jugent l'œuvre et éclairent le public. Mais pourquoi des billets aux auteurs?

— Pour que leurs amis viennent soutenir leurs pièces.

— Et les artistes qui jouent?

— C'est un usage.

— Cependant, s'ils sont sur le théâtre, ils ne peuvent pas être dans la salle.

— Leurs parents viennent les applaudir. Puis il y a le service des claqueurs.

— Pardon, récapitulons : le ministre, ses représentants, sont là pour encourager les arts?

— Certainement.

— Les employés de la police pour maintenir l'ordre?

— Naturellement.

— Les journalistes, par devoir, par convenance, par dignité, gardent dans tous les cas un silence de bon goût?

— Cela va sans dire.

— Les amis des auteurs applaudissent?

— Certes!

— Les parents d'artistes applaudissent?

— Parbleu!

— Les claqueurs aussi?

— A tour de bras.

— Voilà bien tous les gens qui composent une salle un jour de première représentation?

— Comme j'ai eu l'honneur de vous le dire.

— Très bien; mais alors, qui est-ce qui siffle les pièces ?

— Ma foi, je n'en sais rien.

* * *

Il y a toujours des gens qui parlent sans savoir.

* * *

Cependant l'étranger n'était pas de ceux-là.

— Suivez bien mon raisonnement, me dit-il : avec la liberté des théâtres, le théâtre devient une industrie comme toutes les autres.

— C'est mon avis.

— Alors les théâtres seront protégés, comme toutes les industries, par le ministère du commerce.

— C'est mon sentiment.

— Or, le ministre ou ses représentants ne vont pas, par exemple, aux premières représentations de la maison Perron, voir sortir de la mécanique le meilleur de tous les chocolats ?

— C'est probable.

*
* *

— Les jours de premières exhibitions, deux gardes
municipaux suffisent pour contenir la foule aux magasins Tahan?

— Le Français est ami des lois.

— C'est vrai.

*
* *

— M. Ménier, autre fabricant de chocolat, ou M. de
Foy, fabricant de mariages, n'invitent pas les journaux
qui leur font de la réclame à assister à leurs premières?...

— Ils ne les invitent pas.

*
* *

— Les magasins du Louvre donnent-ils des billets
à leurs fabricants, pour que les fabricants envoient
leurs amis applaudir à la beauté des étoffes?

— Jamais.

*
* *

— MM. Alexandre père et fils, les célèbres facteurs d'orgues, ont-ils jamais songé à donner des billets à leurs ouvriers afin que leurs parents viennent les voir travailler?

— Ce serait gênant.

— Eh bien! les marchands de spectacles feront comme les autres marchands, et le public y gagnera.

— Je le crois ; mais, alors, qui est-ce qui applaudira les pièces.

— Ma foi, je n'en sais rien.

———

Mardi.

J'ai beaucoup réfléchi à tout ce que m'a dit l'étranger. Mais on a beau réfléchir, cela ne sert pas à grand' chose.

Mercredi.

Une immense rumeur se disperse dans l'air. La Banque de France a émis de nouveaux billets de cinquante francs.

Certainement, c'est bien gentil de la part de la Banque.

*
* *

Un homme d'infiniment d'esprit annonce le fait en ces termes aux lecteurs du *Petit Journal :*

« *Ils* sont de cinquante francs et aussi jolis, aussi coquets, aussi bien imprimés que ceux de cent francs. »

C'est égal, je crois que, malgré ça, on préférera toujours les autres.

*
* *

Cette admiration du second journaliste me paraît une pose. Car, enfin, il me semble qu'en fait de chif-

fons de papier on peut avoir quelque chose de bien
pour cinquante francs.

Jeudi.

On ne parle dans la France entière que d'un procès
qui restera assez célèbre pour que le jeune Pierre
Bourdin le publie au *Figaro* dans une trentaine d'années.

Il ne serait ni décent, ni convenable de disserter sur
un homme qui sera demain innocent ou coupable,
mais qui, dans tous les cas, est bien malheureux.

*
* *

Pourtant il est une épreuve qui pourrait avoir une
grande influence sur l'esprit du jury.

Je voudrais qu'on fît venir à la barre tous les domestiques de France et de Navarre et que M. le président leur posât séparément cette question :

— Témoin La Fleur, si, assuré de l'impunité, vous pouviez attacher votre maître dans la cave et lui flanquer une roulée, le feriez-vous?

— Naturellement, répondrait La Fleur.

————

Les bouchers et les charcutiers sont en fête.

Le vendredi-saint est le seul jour de l'année où leur boutique soit fermée, où leur liberté soit ouverte.

Les comédiens sont comme les charcutiers.

Ce jour-là pas de spectacle et pas de répétitions.

Les charcutiers profitent de leur liberté pour assister à des repas de corps.

Les comédiens vont à la campagne.

⁎

On a souvent parlé de la passion des bourgeois parisiens pour la campagne; cette passion n'est rien en
comparaison de l'amour furieux que les comédiens
éprouvent pour les champs.

Il y a une colonie d'acteurs à Nogent, une autre à
Passy, une autre à Auteuil, une autre à Romainville,
une autre à Sèvres, plusieurs à Asnières et à Bois-
Colombe.

Ces braves gens prenant le train de minuit et demi,
arrivent chez eux à une heure un quart. Ils mangent
et causent, se couchent à deux heures et se lèvent à
dix, parce qu'il faut qu'ils soient à la répétition à onze
heures.

Il y en a parmi eux qui n'ont jamais vu Asnières
pendant le jour.

Quand on leur demande la raison d'un exil aussi fa-
tigant, ils répondent invariablement :

— Que voulez-vous ? il me faut le grand air. Je ne
pourrais pas vivre à Paris.

L'éternelle rengaine recommence.

— *Faites*-vous maigre ?

— Certes !

— Quelle idée ! moi je me crois aussi religieux qu'un autre, et je *fais* gras !

— Qu'est-ce que ça nous fait ?

⁎⁎⁎

Les gens bien nés font maigre.

— Où dînez-vous ? demandait-on à M. W..., gentilhomme écossais.

— Au restaurant : tous mes parents sont morts, je suis seul au monde.

— Faites-vous maigre ?

— Oui, ça m'ennuie ; mais il me semble que si je mangeais de la viande, ma famille ne serait pas contente.

Vendredi

On dit que le vendredi porte malheur; c'est une croyance assez répandue.

Je ne suis pas superstitieux. Cependant je vois tant de bons esprits redouter ce jour prétendu néfaste, que je ne laisse pas d'en avoir peur aussi.

Je ne pousse pas la crainte à l'extrême; mais enfin je ne voudrais pas, par exemple, lire un roman de l'illustre X... un vendredi; j'aurais peur de ne pas m'amuser.

.*.
* *

Je connais un propriétaire qui appréhende fort le
vendredi : ce brave homme est tellement superstitieux,
que, lorsque le terme tombe ce jour-là, il aime mieux
faire présenter ses quittances la veille.

.*.
* *

Comme, quoique propriétaire, il a du bon sens, je
lui demandai avec instance pourquoi il redoutait tant
le sixième jour de la semaine.

— Mon Dieu, me répondit-il, c'est bien simple.

— Voyons?

— Étant enfant, je suis tombé en jouant au cheval
fondu sur une affreuse pierre pointue qui a manqué
me crever l'œil : eh bien! c'était un vendredi; voyez
plutôt la cicatrice.

— Peuh! tous les enfants tombent sur des pierres
pointues, et tout le monde a des cicatrices.

— Bon; mais vous allez voir; j'ai voulu être ba-

cheller ès-lettres : j'ai été refusé trois fois. Remarquez
bien, je vous prie, que, par un caprice bizarre de la
destinée, je passai mes trois examens un vendredi.

— Et vous croyez que si c'eût été un autre jour....

— J'en suis sûr. Mais vous allez voir ; je tire à la
conscription un vendredi, paf! j'amène le numéro 27.
Cet animal de Ravergie tire le lendemain, pif! il sort
le numéro 497. Qu'est-ce que vous dites de ça, hein?

— Dame!

*
* *

— Ce n'est rien encore, vous allez voir : mon remplaçant part. A la première affaire, une balle lui fra-
casse la tête; encore un vendredi. Mon remplaçant,
c'était moi, il n'y a pas à dire.

— Oh!

— Il n'y a pas de oh! c'était moi, puisqu'il me rem-
plaçait.

— Soit.

— Tenez, l'année dernière, je vais passer l'été à
Ems, le plus beau pays du monde. Un jeudi soir je

gagne, au trente-et-quarante, neuf mille six cents francs et quelques doubles florins; je ne sais pas combien ça fait, ces diables d'Allemands vous ont des monnaies !... Eh bien! mon cher ami, vous me croirez si vous voulez, le lendemain, qui était un vendredi, j'ai tout perdu à la roulette.

— Pas possible?

— Ma parole d'honneur!

⁂

— Mais ce n'est pas tout, ajouta le digne homme, la fatalité a voulu que je me mariasse un vendredi; qu'en est-il résulté?

— Je n'en sais rien.

— Si, vous le savez; tout Paris le sait; ceux qui l'ignorent, c'est qu'ils n'ont pas voulu le savoir : ma femme m'a trompé.

— Un vendredi? demandai-je.

— Non, répondit mon propriétaire, tout le temps.

⁂

Après des faits semblables, allez donc faire l'esprit fort!

———

J'ai vu — bien par hasard — les fameux billets de banque de cinquante francs.

Ils sont bleus par devant et noirs par derrière.

Depuis cette émission de billets à bon marché, la Banque a perdu à mes yeux toute sa majesté.

*
* *

Madame la Banque, vous vous galvaudez.

*
* *

Ne trouvez-vous pas, je vous prie, mon langage ir-révérencieux ou trop pittoresque? Je ne vous connais pas, — je le regrette. — J'ai beaucoup entendu parler de vous, c'est vrai ; mais vous n'avez jamais rien fait pour moi.

M'avez-vous ouvert le moindre compte-courant? — Non.

Ai-je été admis à visiter vos caves? — Point.

Une fois, une seule fois, j'ai eu l'occasion de faire votre connaissance; vous aviez eu l'extrême bonté de m'envoyer l'un de vos serviteurs nommé Tirot. Ce digne et honnête homme avait déposé votre carte chez moi. Avant de l'avoir lue, croyant à une politesse, je trouvais votre procédé du dernier gracieux.

.˙.

Cependant, d'après quelques mots tracés au crayon, je crus comprendre qu'un créancier confiant avait déposé chez vous un autographe de moi.

Ne voulant pas abuser de votre complaisance, je me rendis chez vous à quatre heures et demie, heure favorable aux visites : vous étiez fermée.

.· ·.
· ·

Cependant, madame la Banque, vous auriez dû considérer que quinze cents francs ne se trouvent pas du matin au soir.

Oui, vous allez me dire qu'on a quatre-vingt-dix jours pour chercher, je sais bien. Mais on croit toujours que, « la fin de mars prochain » n'est pas prochaine.

D'ailleurs, quand on fait un billet, c'est pour être tranquille pendant trois mois, sans cela on ne le ferait pas, ça tombe sous le sens.

.· ·.
· ·

Non-seulement vous étiez fermée, mais, sans plus de cérémonie, vous aviez envoyé mon billet chez l'huissier.

Je n'avais pas à apprécier ce procédé.

J'allai chez l'huissier.

Ça me coûtait, mais enfin j'y allai.

Son clerc me dit :

— Nous n'avons pas le bordereau ; ne vous donnez pas la peine de revenir, on passera chez vous.

Très-gentils, ces huissiers !

.*.

En effet, on passa chez moi. Je vis arriver un gentleman fort original qui affectait de ne pas montrer sa chemise. Il en avait une certainement, mais il affectait de ne la point faire voir.

Au moment où j'allais le questionner sur cette excentricité il me présenta poliment mon billet.

— Il n'est pas protesté, monsieur ? lui demandai-je.

— Non, monsieur, me dit-il.

— Je lui en fais mon compliment, monsieur. Voici quinze cents francs.

— Il y a deux francs pour la course, me dit le gentleman.

— Monsieur, lui répliquai-je, j'ai, il est vrai, fait une course, mais je n'entends pas être rémunéré pour si peu de chose. Du reste, monsieur, ce léger dérangement m'a procuré le plaisir de faire la connaissance de votre premier clerc qui, aussi bizarre que cela puisse paraître, est un homme d'infiniment d'esprit.

Le gentleman me fit des yeux furieux, et s'écria :

— Je vous dis que c'est quarante sous.

.*.

Je les lui donnai. Je ne les regrette pas, c'est-à-dire si, je les regrette beaucoup. Je constate ces faits pour vous prouver que je ne vous dois rien, pas même de la reconnaissance.

Donc, si je vous dis franchement ma façon de penser, je ne suis ni un ingrat ni un mal appris.

.*.

Eh bien ! je trouve que vous avez eu tort de créer vos nouveaux billets.

Je m'explique.

Je n'entends rien en économie financière.

N'étant ni économe ni financier, cela n'a rien d'étonnant. Je raisonne donc au point de vue du simple bon sens.

Vous aviez beau fermer vos portes, mettre les billets chez l'huissier, être très-chiche à l'endroit des compte-courants, cela ne vous empêchait pas d'être bien placée dans le monde, au contraire.

Vos caves, gardées par vingt-quatre soldats, trente peut-être, inspiraient le plus grand respect. Le peuple vous considérait avec crainte, et, moi qui vous parle, j'ai frissonné le jour où Guichardet nous affirma que vous aviez pour vos amants de cœur des billets roses qui valaient cinq mille francs!

A la bonne heure! voilà des billets qui posent crânement une banque.

* *

Ce qui a fait votre gloire, votre splendeur, ce sont les billets de mille.

Mille francs! c'est beau, c'est grand, c'est noble. Une banque dont chaque poulet se traduit par cin-

quante louis est une banque qui n'a à rougir devant
personne.

On vous pardonna vos billets de cinq cents francs.
C'étaient des coupures faites avec des ciseaux en diamants.

*
* *

Vous étiez encore pleine de majesté. Il n'était pas
un chevalier français qui ne se fût mis en quatre pour
avoir un billet de vous : vos adorateurs étaient plus
nombreux que les flots furieux de la mer.

*
* *

1848 arriva. Eûtes-vous peur, ou voulûtes-vous devenir populaire? Je ne sais. Vous créâtes des billets de
cent et de deux cents francs.

Ce fut une grande faute.

Le billet de deux cents francs n'eut aucun succès.
Il était jaune, ça le rendait ridicule; il ne répondait
d'ailleurs à aucun besoin.

2.

Deux cents francs, c'est trop pour aller dîner et pas assez pour aller à Bade.

Le jour où tout le monde put se procurer un billet de vous moyennant vingt pièces de cent sous, vous ne fûtes plus une grande dame: vous devîntes une banque de cinq louis.

Mais vous aviez une excuse en 1848; les temps étaient mauvais : ce n'est pas M. de Larochejaquelein qui dira le contraire. On disait de vous comme des filles que le malheur entraîne :

— Cette bonne Banque, elle est plus à plaindre qu'à blâmer.

Quand le calme revint, le mal était fait, il fallut en passer par là.

Les révolutions ne laissent pas que d'avoir des inconvénients.

Mais aujourd'hui que l'horizon s'est éclairci, qu'aucun nuage ne traverse le ciel politique, quelle singu-
lière humeur vous vient prendre, avec vos billets de
cinquante francs?

Vous voulez donc devenir une banque-omnibus, le
bouillon Duval des comptoirs?

*
* *

Au lieu d'habiter les lambris dorés vous voulez em-
ménager dans la poche des marchands de contre-mar-
ques?

Voyons, ma mie, — je ne vous respecte plus, — où
voulez-vous vous arrêter?

Allez-vous, comme dans les banques d'Allemagne,
créer d   billets de trois francs dix sous?

*
* *

Mon Dieu! je ne suis pas ennemi d'une douce gaieté.
Mais votre système a de grands désagréments. Pour

qu'un État soit prospère il ne faut pas vulgariser l'argent.

En Russie pour cent francs on a vingt-cinq roubles en papier. Aussi les Russes sont les gens les plus dépensiers du monde. Ils ont toujours du papier dans leurs poches, et on sait ce qui arrive : — ils le jettent par la fenêtre.

*
* *

Autrefois on se tenait à quatre pour changer un billet, aujourd'hui on en change quatre par jour. C'est nous qui sommes changés.

*
* *

Tout ceci est une manière de causerie qui ne tire pas à conséquence. Veuillez excuser, madame la Banque, la rude franchise d'un flâneur qui a pour vous et pour vos valeurs la plus parfaite admiration.

Dimanche.

Les hasards de la destinée m'ont poussé vers Nanterre.

Quel affreux pays!

On n'y voit point de fleurs, on n'y voit point d'ombrages. On dit qu'il y a des rosières, ça ne m'étonne pas. Toutes les filles du pays vendent des brioches : on ne peut décemment pas faire la cour à des pâtissières rurales.

Il fait un froid nègre et le vent vous coupe la figure comme un rasoir Alexandre.

Je me plains amèrement en traversant ces steppes sauvages.

Mon petit Georges, le compagnon de mes dangers, m'apostrophe avec aigreur.

— Eh bien! merci, de la vertu et des gâteaux, que vous faut-il de plus?

On m'assure qu'en revenant des courses de Vin-
cennes, deux biches dont le panier à salade avait versé,
se sont vues abandonnées par leur cocher et insultées
par la populace qui leur a jeté de la boue.

Je me plais à croire qu'aucun gentleman du turf ne
passait en ce moment, puisque personne n'est venu au
secours de ces filles, qui, après tout, sont des femmes

*
* *

La langue française est cocasse.

Une jeune fille qui se marie devient une femme. Une
femme qui se marie trop devient une fille.

*
* *

L'année dernière, un fait semblable avait eu lieu
dans les mêmes circonstances.

Que conclure de là?

C'est que les enfants du peuple n'aiment pas à voir leurs sœurs en toilette.

C'est le contraire des collégiens.

———————

Mardi.

Un journal nouveau avec un titre ancien, le *Globe,* vient de paraître.

Cette feuille, prétend l'annonce, va amener une *révolution* dans le prix de l'abonnement.

Les hommes politiques — je ne dis pas ça pour M. H. Castille — savent bien que ce ne sont pas ceux qui font les révolutions qui en profitent.

* *

Ce mot révolution à propos d'un abonnement de trente-cinq francs me semble prétentieux.

On abuse du mot révolution qui n'a rien de joli.
Modification me semblerait meilleur.

.·.

Il y a un devant de cheminée qui est devenu populaire. L'image qui l'illustre représente un petit enfant qui lève sa chemise devant une marmite.

Ce bébé aurait mauvaise grâce de dire :

— J'apporte une révolution dans le pot-au-feu.

Il le modifie, voilà tout.

III

Sans remonter au déluge, chaque époque a sa plaie.

Ainsi, le Moyen âge a la lèpre.

La Renaissance a la belle Ferronnière.

Henri III a le bilboquet.

Henri IV la Ligue.

Louis XIII sa justice.

Louis XIV les perruques.

La Régence les financiers.

Louis XV les talons rouges.

Louis XVI n'a rien.

La République a la guillotine.

Le Directoire les directeurs.

L'Empire les ennemis.

La Restauration les amis.

1830 a les ordonnances.

1840 les bourgeois.

1848 les 45 centimes.

Notre époque a les conférences.

*
* *

C'est moins dangereux, mais ce n'est pas plus amusant.

*
* *

Autrefois, lorsqu'un homme, usant de la plus belle de toutes les libertés, voulait manifester sa pensée, il publiait une brochure.

Ces petits volumes du hasard portaient le nom humblement prétentieux d'opuscules.

Opuscule ne me dépla sai pas.

Je vois encore le monsieur qui commettait ces petites facéties.

Il portait la cravate blanche, l'habit noir, des souliers
à cordons et des bas blancs.

Il avait l'air affairé, et vous remettait en courant
une brochure à couverture bleue.

— Permettez-moi de vous offrir cet opuscule que je
publiai, non sans succès, la semaine dernière.

Sa phrase n'était pas achevée qu'il était déjà loin.

Son opuscule était intitulé :

DE L'INFLUENCE
DU CHOU FARCI
sur la civilisation moderne.

Quelquefois, l'ouvrage était humanitaire. Alor il
s'appelait :

DE L'INFLUENCE DE L'HARMONICA
A HUIT PLATEAUX
comme moyen de moralisation
CHEZ LES ENFANTS DU PEUPLE

Ce n'était pas français, mais c'était pittoresque.

*
* *

La dernière des brochures avait pour titre :

DE L'INFLUENCE DES CROISADES

SUR LA FABRICATION DES TAPIS
Aubusson, ses manufactures et son accroissement.

L'auteur, qui est mort plusieurs années après sa raison, prétendait que les tapis de Turquie avaient été apportés en France par les croisés, que les premiers tapis qui illustrèrent Aubusson avaient été tissés par un Druse nommé Salam, appelé d'abord Salam-Druse, et par corruption Sallandrouze.

*
* *

Le ridicule ayant relié ces brochures, elles disparurent, lorsque l'honorable M. Dentu eut fait une fortune dont son fils use, avec la meilleure grâce du monde, pour rendre service aux lettres en aidant les jeunes à se produire. — A quelque chose malheur est bon.

.˙.

Le pays était tranquille ; malheureusement, en France, la tranquillité ne dure guère.

Aux brochures bleues succédèrent une foule de monstres verts qu'on décora du nom de conférences.

.˙.

Les conférences sont d'importation anglaise.

A Londres, l'instruction est peu répandue ; les gens qui ont le bonheur de savoir lire font des lectures et gagnent beaucoup d'argent.

A Paris, on lit parfaitement, mais on ne sait pas penser.

Alors quelques bons esprits se sont assemblés et pensent publiquement pour les autres.

La plupart de ces flambeaux sont des hommes supérieurs : ils n'ont qu'un tort, c'est de penser tout haut.

En principe, je n'aime pas ces gens qui ont la prétention de moucher la lumière des mondes.

Je voudrais qu'on laissât chacun penser ce qu'il lui plaît.

C'est un crime de lèse-liberté de communiquer sa propre pensée à autrui, parce que, outre qu'on peut l'induire en erreur, ça l'empêche de formuler à sa fantaisie sa pensée et d'avoir sur les hommes et les choses une idée qui lui soit propre.

**

Heureusement, les auditeurs vont aux conférences comme ils vont aux Italiens, — par *chic* — ça les pose ; mais ils ne comprennent pas un traître mot.

**

Je ne trouve pas d'autre explication possible au succès des conférences.

Les conférences ne sont autre chose que des brochures parlées.

Les conférenciers sont tous des anciens fabricants
d'opuscules.

La conférence dure moins que la brochure, mais
elle use moins de papier et de main-d'œuvre; partant
elle est moins respectable.

* * *

Les sujets traités sont toujours les mêmes; seulement la forme est changée.

Le mot « *devant* » a remplacé le mot « *influence.* »

Ainsi les programmes disent :

« Le célèbre Bechamel traitera un sujet palpitant
d'actualité, parce qu'il intéresse tout le monde :

LE CHOU FARCI

devant

LES CIVILISATIONS MODERNES

OU LES CLASSES PAUVRES
devant
L'HARMONICA
OU LES MANUFACTURES DE TAPIS
devant
LES CROISADES

Première partie : URBAIN II

Deuxième partie : SALAM-DRUSE

Très-curieux !

Et ce sont ces mêmes gens qui accusent Siraudin et Blum de manquer d'invention. — C'est trop fort !

Phénomène assez bizarre : on a remarqué que depuis que a mode des conférences est devenue une fureur, il y a bien moins de femmes dans les cafés du boulevard.

———

Mercredi.

Je me suis arrêté par aventure devant le magasin d'un papetier que je prenais pour celui d'un changeur.

Là, j'ai aperçu la noble tête de M. Champfleury entre lord Palmerston et Mlle Rigolboche. Moi, ça m'amuserait d'être ainsi placé, et, d'un autre côté, je ne laisserais pas que d'être un peu vexé, parce que je ne sais pas l'anglais.

———

Dans *la Jeunesse du roi Henri*, — un grand succès pour le Châtelet et pour Ponson du Terrail, — on voit une meute dans l'exercice de ses fonctions.

Ces chiens sont très-âpres à la curée; on dirait des hommes d'affaires.

Au théâtre, on dit que tout n'est que fiction; cela est bien faux.

Voici le moyen employé pour donner à ce spectacle toute la couleur de la réalité.

On laisse les chiens à jeun pendant vingt-quatre heures; à leur entrée en scène, on découvre à leurs yeux égarés un baquet de charcuterie.

3.

Ils se précipitent avec fureur et avalent tout, au grand déplaisir des figurants.

— Ah! disait un directeur qui n'a pas voulu se rallier à la Compagnie nantaise et qui est très-connu pour son économie bien entendue, ah! les malheureux, ils n'iront pas loin; voilà qu'ils attachent leurs chiens avec des saucisses.

Depuis la première représentation il ne cesse de murmurer :

· Des succès à ce prix-là, ce n'est pas difficile.

M. Fournier, très-amateur des belles mises en scène, prétend que la Compagnie nantaise aurait dû donner des blancs de poulets.

M. Harmant est loin d'être de cet avis.

M. Hostein, voulant à tout prix éviter un conflit, a proposé la galantine comme terme moyen.

∴

C'est par de mutuelles concessions qu'on parvient à conserver la bonne harmonie.

∴

Si l'auteur de *Mireille* croit que je dis ça pour lui, il a bien tort.

———

Jeudi.

Le *Journal illustré* fait son chemin.

M. Millaud, après avoir obtenu quelques succès dans la finance en collaboration avec Clairville, et au

Palais-Royal en compagnie avec Mirès, a quitté ces puériles occupations pour redevenir journaliste.

Il possède, à l'heure qu'il est, deux journaux qui tirent la bagatelle de trois cent cinquante mille exemplaires.

* * *

Le *Petit journal* et le *Journal illustré* ont dépassé tous les succès connus.

La vogue du *Siècle* n'est qu'une plaisanterie, celle du *Magasin pittoresque* une puérilité.

* * *

Les imbéciles disent :

— Ce diable de Millaud a bien de la chance.

Quelle sottise, la chance! comme si la chance existait. Un journal n'a rien de commun avec le vase d'argent.

* *

M. P. Millaud est un homme d'une intelligence hors ligne et d'une activité infatigable.

Un sacrifice ne lui coûte rien pour s'attacher des gens supérieurs; il paie la copie de Timothée Trim des prix fabuleux.

Cochinat, son séide, ne sort plus qu'en paletot de pourpre.

Je suis obligé de convenir que la pourpre lui sied.

⁂

Cependant une chose manquait à la gloire de M. Millaud.

Il avait Louis Jourdan du *Siècle*, un homme convaincu.

Il avait Émile de la Bédollière du même *Siècle*, un Gaulois.

Il avait Hérald, un charmant esprit qui met autant de soin à se cacher que d'autres en mettent à se produire.

Il avait Léo Lespès, dont je crayonnerai un de ces jours l'excentrique physionomie.

Il avait Alfred Assolant, un penseur amant de la forme.

Il avait Eugène Chavette.

Il avait Émile Abraham.

Il avait... que sais-je?

.·.

Mais on n'est jamais content; l'auteur de *Ma nièce et mon ours* n'était pas heureux.

Méry lui-même ne lui suffisait plus; il lui fallait Alexandre Dumas.

Alexandre Dumas troublait ses nuits.

Qu'advint-il, comment s'y prit P. Millaud? nul ne le sait.

Ce qui est certain, c'est qu'un beau matin on vit arriver à l'hôtel Frascati l'illustre auteur de *Henri III*.

.·.

Il arrivait de Naples, le cher grand homme, avec

toute sa fantaisie, toute sa gaieté et surtout avec cette inaltérable bienveillance qui lui a fait tant d'amis.

.·.
.···.

Millaud ne parut pas surpris.

— Je l'attendais, dit-il à ses rédacteurs stupéfaits.

Puis, après les compliments d'usage, il conduisit Alexandre Dumas dans un appartement qu'il avait fait préparer dans sa maison pour son hôte illustre.

.·.
.·.

Alexandre Dumas, qui joint à l'esprit du diable la candeur d'un enfant, entra sans méfiance dans l'appartement.

A peine avait-il fait trois pas que la porte d'entrée se refermait sur lui en faisant crier ses gonds.

Après avoir cédé à l'étonnement, Dumas visita sa prison. Des verrous et des grilles partout.

—Puth ! fit avec dédain l'auteur de *Monte-Christo*, j'ai démoli les fortifications de Gaëte avec un cure-dent, ce serait bien le diable si je ne démolissais pas la maison Frascati avec un canif.

.·.

Il prit résolument son canif et se mit à l'œuvre.

— Hélas! son désespoir devint de la fureur : les murailles étaient blindées.

— Millaud, mon cher ami, s'écria le maître, pourquoi m'enfermer ainsi ? J'ai fait la révolution d'Italie ; mais ça ne m'arrivera plus.

— Illustre ami, s'écria à son tour le directeur du *Petit Journal*, il ne s'agit pas de révolution, mais de copie. Vous sortirez d'ici couvert d'or, mais pas avant de m'avoir remis de la copie pour mon *Journal illustré*. Si vous cherchiez à prévenir vos amis ou votre fils, vous ne sortiriez de votre cachot qu'après avoir terminé un roman en dix volumes.

— Vous êtes donc un brigand de l'Aunis ?

— Non, répondit Millaud ; je suis de Bordeaux.

.·.

En apprenant la cruauté de leur patron envers l'il-
lustrissime maître, les rédacteurs se levèrent comme
un seul homme et se mirent à genoux, demandant à
grands cris la grâce du poëte.

M. Millaud restait inflexible comme le destin.

.*.

Jourdan s'évanouit,

Hérald fit le signe de la croix,

La Bédollière commença une complainte,

Timothée versa une douce larme.

— Ah ! s'écria Anderson, pourquoi n'est-il pas aux
États-Unis, le pays de toutes les libertés ?

— Il faudrait cependant lui donner à manger, ça
adoucirait sa captivité, dit Chavette avec conviction.

— Si, hasarda timidement Émile Abraham, on en-
fermait Achille Denis avec le prisonnier, il s'ennuierait
bien moins.

Victor Cochinat, caché sous la table, effilait sa chemise pour fabriquer une échelle de cordes.

— Vous êtes tous de braves cœurs, s'écria Millaud,

je suis fier de vous diriger ; mais remettez-vous d'une
alarme si chaude, sa captivité ne sera pas longue ;
puisqu'il faut vous l'avouer, je veux de la copie de
Dumas seul, du Dumas neuf. Je craignais qu'Auguste
Maquet ou le marquis de Cherville ne vinssent l'aider ;
je l'ai mis sous clef. Il me résistait, je l'ai emprisonné.
Quand il aura fini sa tâche, je lui donnerai la clef des
champs et une forte récompense.

.·.

C'est ce qui explique pourquoi le dernier numéro
du *Journal illustré* contenait vingt lignes inédites et
douze cents des *Impressions de Voyage* de PARIS A
CADIX.

.·.

Il n'y a rien de nouveau sous le soleil, et il est probable que dessus c'est la même chose.

IV

J'ai passé une mauvaise journée.

Ce matin, en traversant les boulevards, j'ai vu une chose navrante.

Cette chose c'était un arbre.

Cet arbre était dans une énorme charrette traînée par six chevaux.

L'arbre avait l'air désolé; il y avait bien de quoi. Les chevaux étaient fort tristes; les conducteurs eux-mêmes, peu philosophes sans doute, n'avaient pas cette mine gaie et souriante qui est le plus bel apanage des cochers de corbillards.

⁂

Je n'ai pas une âme sensible comme Valsain ou M. de Monbreuse, et pourtant, je l'avoue sans honte, mon cœur s'est un peu serré à la vue de ce pauvre arbre qu'on exilait au mépris du droit des gens.

J'ai vu dans les journaux illustrés des convois de Polonais dirigés sur la Sibérie. Certainement cela m'a fait de la peine ; mais je me suis dit :

— C'est un peu leur faute. Pourquoi font-ils du chagrin à la Russie ?

⁂

Mais cet arbre infortuné, quel est son crime ?

Il embellissait la demeure de son propriétaire.

Il étendait ses branches pour faire de doux ombrages pendant l'été et un bon feu pour l'hiver

Encore quelques années il serait peut-être devenu le Conservatoire des petits oiseaux de son pays

*
**

Et voilà qu'un beau matin, sans avertissement préalable, au moment où il s'y attendait le moins, où il allait se marier peut-être, on est venu l'arracher à sa famille et à ses amis.

Le buisson voisin a pleuré, les oiseaux qu'il abritait se sont répandus dans la vallée en poussant des cris aigus, et Jeanne, qui avait donné rendez-vous à Pierre au pied du platane, n'a pu retrouver, à la brune, ni l'arbre, ni son amant.

*
**

Pauvre Jeanne !

*
**

Les résurrectionistes qui ont fait cet affreux coup s'y sont pris de la façon que voici :

Ils ont creusé tout autour du platane de manière à ne pas ôter la terre adhérente aux racines; puis, lorsque le trou a été suffisamment profond, ils ont passé, par des moyens diaboliques, des chaînes de fer sous les racines. Ils ont enlevé le pauvre arbre à l'aide de quelque cabestan de nouvelle espèce, et l'ont placé sur le char funèbre. Ensuite par leurs soins il a été traîné, de bien loin sans doute, jusqu'au boulevard parisien où il m'est apparu comme un convoi de première classe.

Où allait l'exilé? Je ne sais. Puisse la terre étrangère ne pas lui être lourde !

J'ignore comment on appelle l'ingénieux monsieur qui a inventé cette merveilleuse opération qui consiste à prendre un arbre vivant, sous l'œil de Dieu, dans la forêt solitaire, pour le porter dans la rue Coquenard.

.˙.

J'ignore son nom et ne veux pas l'apprendre.

Il est probable que ce nom est devenu célèbre dans le monde savant et que celui qui le porte est devenu riche en vendant des arbres déterrés. Il y a cent à parier contre un, qu'outre la richesse l'ingénieux inventeur a été comblé de récompenses et d'honneurs.

Moi, si j'étais été le gouvernement (ainsi parle mon portier), si j'étais, dis-je, le gouvernement, je le ferais guillotiner.

.˙.

Guillotiner semble dur, mettons fusiller, et n'en parlons plus.

.˙.

Ah! cette nouvelle mode est encore un coup de hache à la famille, le dernier, peut-être : on lui en a tant donné dans ces derniers temps!

Adieu, bon vieillard qui, un pied dans la tombe, plantiez de vos mains débiles des arbrisseaux dont l'ombre devait empêcher les têtes blondes de vos petits-enfants d'être brûlées par le soleil. Allez, brave et digne aïeul, mourez en paix sans fatiguer vos vieux bras.

Si vos petits-fils veulent des ombrages, ils en achèteront!

.˙.

Je crois même qu'ils seront plus fiers d'avoir acheté un marronnier trente louis que de posséder un arbre qui n'aurait d'autre mérite que d'avoir été planté par le père de leur mère : « un brave homme très-bon, mais qui grognait toujours.»

.˙.

J'ai connu, il y a quelques années, un vieux gentilhomme qui possédait dans sa province une terre assez modeste, mais qui était dans sa famille depuis plus de trois siècles.

Un jour deux frères, banquiers parisiens, achetèrent cinq ou six terres voisines de la sienne et firent bâtir un château auprès duquel le donjon du gentilhomme faisait bien triste mine.

Ils firent dessiner des parcs, des jardins anglais et le reste; enfin ils étalèrent sans pitié leur insolente opulence, sans parvenir à rendre leur voisin jaloux.

— Allez, allez toujours, messieurs les parvenus, s'écriait en riant le gentilhomme; vous aurez beau jeter NOTRE argent par les fenêtres, vous n'aurez jamais des arbres aussi vieux que les miens!

*
* *

Hélas! il a bien fait de mourir, ce bon hobereau, car il serait mort de chagrin en pensant que MM. R. ou P. ou T. pourraient, s'ils le voulaient, ombrager les clandestines amours de leur cuisinière et de leur valet de chambre sous le feuillage du frêne sous lequel la belle Mancini attendait le roi-soleil.

*
* *

Après ça des gens qui ordinairement pensent bien, me disent qu'à l'aide de cette moderne invention on improvise des squares et des promenades qui deviennent, au milieu des villes mêmes, des campagnes pour les bourgeois et pour les ouvriers que le travail ou la pauvreté empêchent d'aller aux champs ; que ces arbres déterrés, inutiles dans leurs solitudes, sont, dans les villes, une jouissance pour tous.

Mon Dieu ! c'est possible. Je veux bien déclarer que je suis dans mon tort en parlant ainsi, mais à une condition, c'est que ce ne sera pas M. Pangloss qui aura raison.

———

Dimanche.

Courses au bois de Boulogne. — Prix du Cadran. — Guillaume-le-Taciturne a battu Pergola. — Qu'est-ce que ça me fait ?

.*.
. *

Un chroniqueur du turf dit, à propos de Taciturne et de Pergola :

« La chance entre les deux concurrents était à peu
» près égale; mais, comme le résultat l'a prouvé une
» fois de plus, un cheval au printemps est ·ujours
» plus sur qu'une jument. »

Dame! c'est malheureux; mais que voulez-vous? il n'y a rien à faire, Ce n'est pas une affaire de goût.

———

Lundi.

Je remarque avec effroi que les gens du *Petit Journal* changent complétement leur genre.

Plus ils le changeront, mieux ça vaudra.

Autrefois — la semaine dernière — lorsqu'on voulait faire un article quelconque, on cherchait un sujet.

Léo Lespès, mon excellent et spirituel ami, en a trouvé des milliers ; lisez plutôt son livre édité par Dentu.

Charles Monselet trouvait son bijou toutes les semaines ; cela s'appelait : *Voyage au pays de misère*, ou bien : *le Capitaine Monistrol*.

Mérinos n'écrivait que deux articles, *l'Invalide à la tête de bois* et *les Mouches*. C'était plus gai et plus profond que bien des volumes.

Polet, le joyeux Polet, trouva des cadres ébouriffants.

Jean Rousseau et mille autres (quand je dis mille, c'est une manière de parler ; mettons-en quatre, et il n'y aura pas de réclamations), mille autres, dis-je, cherchaient des cadres plus ou moins ingénieux pour renfermer leurs pensées plus ou moins spirituelles.

Maintenant on ne se donne pas tant de peine.

.·.

On prend le premier mot venu, et l'on part.

Exemple : — J'ai écrit en tête de cet alinéa le mot

lundi, avec ce lundi-là, je pourrais faire des colonnes ; voici la manière de procéder.

.·.

Le lundi est le second jour de la semaine.

Les Latins le nommaient *dies lunæ*,

Les Italiens *lunedi*,

Les Français *lundi*.

Les Romains commençaient les Lupercales le deuxième lundi de février.

Le christianisme avait dédié ce jour aux anges et aux morts.

Le lundi est si près du dimanche qu'il ressemble aux jours de fête.

C'est le lundi qu'on a *mal aux cheveux*.

Le peuple affectionne ce jour.

C'est celui qu'il prend de préférence pour aller flâner et boire.

Les ménagères ne l'aiment pas.

Ce jour-là, les économies sortent de la maison.

Les coups y entrent.

Lisez Pline et vous verrez que les artisans de l'antiquité battaient leurs femmes avec un bâton de cornouiller.

Nos ouvriers, moins cruels ou moins raffinés, prennent tout simplement les outils de leur profession.

Le lundi est l'ennemi de la caisse d'épargne :

Mais il est l'ami du marchand de vin.

On ne peut pas être bien avec tout le monde.

Il y a plusieurs lundis célèbres :

Le lundi de Pâques,

Le lundi saint,

Le lundi gras,

Le lundi de la Pentecôte.

Ces quatre lundis sont les sous-lieutenants des grandes fêtes.

Catherine de Médicis ne commençait rien le lundi.

Cosme Ruggieri la plaisantait sur cette superstition, qu'il ne partageait pas.

Les entrepreneurs n'entreprennent rien ce jour-là.

Ce fut un lundi qu'eut lieu à la Gaîté la première répétition du *Château de Pontalec.*

*
* *

Voilà tout le mystère.

En vérité, ce n'est pas amusant.

En lisant ces tartines, les bons bourgeois disent :

— Mais où diable ce Castorin va-t-il chercher tout ça ?

Je le sais bien, mais je ne veux pas le dire.

———

Les journaux illustrés commencent à devenir très-amusants.

Quand les grands ont quelques années d'existence, r ils vendent leurs dessins sur bois aux petits journaux bon marché qui les emploient d'une façon fort intelligente. A ce point que le public y est toujours pris.

Un dessin inédit ordinaire coûte deux ou trois cents francs.

Lorsqu'il a servi il ne vaut rien.

Mais lorsqu'il n'a pas servi depuis dix ans il vaut dix francs.

C'est le moment de s'en servir.

Vous ne comprenez pas?

C'est bien simple.

La promenade du bœuf gras de 1854 se sert au bout de dix ans avec cette légende :

Le mardi gras sur le boulevard.

C'est toujours le même bœuf,
C'est toujours le même amour,
Le même char,
Les mêmes chevaliers,
Les mêmes mousquetaires,
Les mêmes bouchers,
Le même monsieur qui a acheté le bœuf,
Et le même imbécile qui achète le même journal.

Mais il n'y a pas tous les jours la promenade du bœuf gras?

Mais il y a toujours des revues.

Sans doute.

Sous Louis-Philippe il y eut une revue célèbre en l'honneur d'Ibrahim-Pacha ; elle fut illustrée, cela va sans dire.

Le pacha était sur le premier plan, son fez sur la tête et entouré d'un nombreux état-major.

En 1848, les canards à images reproduisirent ce bois en mettant au bas :

« Le général Lamoricière passant en revue les ba-
» taillons de la garde mobile. »

*
* *

Pour les revues passées par de simples généraux, cela ne souffre aucune difficulté.

Revue passée par le général X...

Il n'y a rien qui ressemble autant à un général qu'un autre général.

*
* *

— Bon, mais on ne passe pas toujours des revues ?

— Je le sai. mais il y a mille autres faits qui se renouvellent souvent.

Les réceptions à l'Académie sont, entre autres, un excellent cliché.

Suivez ce petit travail :

Réception du Père Lacordaire à l'Académie française.

Réception de M. Dufaure à l'Académie française.

Le théâtre représente la même salle.

Les acteurs sont les mêmes académiciens.

Il s'agit donc tout simplement de gratter la robe de dominicain et d'en faire un habit.

.*.

Maintenant on va nommer M. Janin ou M. Doucet.

M. Janin est gros.

M. Doucet est maigre.

Si M. Janin est nommé le premier, on n'aura qu'à gratter pour la réception de M. Doucet.

Qui peut plus peut moins.

Si au contraire M. Doucet passe le premier, un artiste habile l'engraissera, lorsque le tour de M. Janin sera venu.

* *

Il y a deux ou trois ans, il arriva un accident sur le chemin de fer de Saint-Germain. Le train dérailla sur le pont et plusieurs wagons furent précipités sur les talus.

Un artiste habile fit un dessin fidèle du sinistre et le porta au directeur.

— Je ne publierai pas cela, dit le directeur.

— Vous ne le trouvez pas bien ?

— Au contraire, c'est parfait.

— Mais alors...

— Nous sommes bien avec la Compagnie.

— Je ne puis entrer dans ces détails ; je ne travaillerai plus pour votre journal.

Le directeur ne voulant pas perdre un bon collaborateur, se ravisa.

— Laissez-moi ça, dit-il, j'en tirerai parti un jour ou l'autre.

En effet, quelques mois après, un accident pareil arrive en Angleterre. Un train déraille sur un pont du Yorhshire ou du Devonshire, il y a soixante-trois personnes de tuées : le directeur se frotte les mains.

— Vous mettrez en tête du numéro, dit-il à son secrétaire, le bois de l'accident d'Asnières.

— C'est impossible ! s'écria celui-ci, il y a des indications.

— Quelles indications ?

— Voyez les enseignes : *Laroche, restaurateur.*

— Eh bien ?

— *Cassegrain, restaurateur.*

— Après ?

— Puis cette affiche du docteur Charles Albert.

Le directeur sourit et envoie le bois chez le retoucheur ; deux jours après, il paraissait ainsi modifié :

Accident du pont de Crawford (Angleterre).

Et sur les nouvelles enseignes, on lisait :

Laroch's Tavern, Kasse-Green hotel ; et dans le lointain : *Prince Albert.*

Lundi.

Les ouvriers qui cette fois ont fait le lundi ont eu la main heureuse.

De mémoire de mois d'avril un semblable lundi ne s'était vu.

*
* *

Le ciel était bleu, les rayons du soleil se jouaient ardents à travers les jeunes feuilles encore transparentes et venaient s'irradier sur les blocs de granit d'où jaillissaient mille étincelles.

Le cimetière Montmartre était tout radieux.

*
* *

Le cimetière — ce jardin d'acclimatation forcée — recèle des millions d'oiseaux chanteurs pour lesquels nulle douleur n'est sacrée et qui s'égaient aussi volontiers devant la fosse commune que près des caveaux somptueux des morts « qui ont le moyen. »

*
* *

Je suivais en nombreuse compagnie le convoi d'un membre de la Société des gens de lettres, d'un chroniqueur fort aimé, M. Jules Lecomte, qui, durant sa vie, avait été pour moi, à l'apparition de mes livres, d'une extrême bienveillance.

* *

Le temps a une grande influence sur la douleur.

Le chagrin qu'on éprouve par un beau temps n'est pas le même que celui qu'on ressent pendant un mauvais jour.

Quand tout nous sourit dans le ciel, il semble que l'ami, le frère ou le parent qu'on accompagne part pour faire un petit voyage à Éden-Éden ou à Styx-Bad, et qu'il ne saurait manquer de revenir un jour ou l'autre.

*
* *

Mais si l'on suit un corbillard pendant l'un de ces
jours sombres où le ciel est en plomb comme le toit
de l'hôpital, où une pluie fine traverse les habits, où
le froid vous pénètre jusqu'aux os pendant qu'un vent
glacé emporte la parole du prêtre, alors on comprend
bien que tout est fini et que celui qui part ne reviendra plus.

*
* *

Et l'on pense à tous ceux qu'on aime et qui sont
partis ; on songe à sa pauvre grand'mère toujours si
bonne et qui part presque toujours la première. On
pense au père ou à la mère, au frère ou à la sœur,
quelquefois, hélas ! à tous ceux pour lesquels on voudrait vivre, et on pleure.

Parfois aussi on pense à un premier amour blond
ou brun qui dort du sommeil éternel, là-bas, tout au
bout du jardin.

*
* *

On oublie presque celui pour qui l'on est venu dans ce lieu funèbre, et, le cœur suffoqué par les sanglots du souvenir, on piétine avec insouciance la boue qui va recouvrir l'étranger.

Le convoi de l'auteur du *Luxe* a passé devant cette gracieuse statue de la Jeunesse qui sème des fleurs sur la tombe d'Henri Murger.

Tout le monde s'est découvert avec respect, la tristesse et les regrets étaient sur tous les fronts et dans tous les cœurs.

Voilà bientôt trois ans qu'Henri Murger est mort. Pauvre cher poëte, durant sa vie il n'était jamais resté aussi longtemps dans le même logement!

———

Mardi.

Le Crédit mobilier double son capital. — Il est bien heureux.

*
* *

Quand une famille de province envoie son fils
tenter la fortune à Paris, on ne manque pas de lui
dire :

— Avec du travail, de l'honnêteté et de l'économie,
on arrive à tout : vois plutôt les Péreire.

*
* *

Il est sûr que ces jeunes gens ont fait leur chemin.

Ce sont eux qui ont bâti l'Hôtel du Louvre, le
Grand-Hôtel, le boulevard Malesherbes et des milliers
d'autres choses. Ils ont fait la fortune de dix villes de
province. Pourquoi diable ne font-ils pas construire
un Casino à Belle-Isle-en-Mer? leur confrère l'ombre
de Fouquet se réjouirait.

Mercredi.

Le monde est plein de gens ennuyeux à rencontrer.

Une des espèces les plus désagréables, c'est certainement celle des héros.

On n'en a jamais parlé, on ne l'a jamais étudiée ; elle est pourtant d'une grande importance à cause de son accroissement.

*
* *

Le héros n'a pas de type particulier. Il est impossible de le reconnaître sans l'entendre parler ; sa femme s'appelle l'héroïne.

Le héros vous attrape au coin d'une rue, aux Champs-Élysées, au bois, dans un salon, au café, au restaurant, au théâtre, partout enfin où il est possible de causer.

*
* *

Comme entrée de jeu, le héros vous saisit par le col de votre habit, vous regarde fixement comme s'il allait se mettre en colère, et il s'écrie :

— Ah ! monsieur, si je vous racontais ma vie, vous me diriez que je mens. Oui, vous me diriez cela. Et, cependant, il m'est arrivé des choses ! Ah ! il y aurait un joli livre à faire avec l'histoire de ma vie, allez.

*
* *

La vie d'un homme peut quelquefois être amusante, touchante ou originale, quoique cependant rien ne ressemble plus à un homme qu'un autre homme.

> Boire, manger, aimer, dormir,
> Souffrir, regretter et mourir.

On a beau se dire que c'est toujours la même pièce,

on se laisse prendre par le vain espoir d'entendre un peu de neuf.

*\
* *

Alors le héros commence et vous dit des choses de cette force-là :

— Monsieur, il y aurait un roman à faire avec ma vie. Tel que vous me voyez, je me suis marié à vingt-deux ans. — Oui, monsieur, cela est ainsi. — Je suis arrivé à Paris en 1837; je n'avais que quarante francs dans ma poche. — Je n'ai pas fait fortune; c'est égal, j'ai vécu, c'est toujours ça. En vérité, je vous assure qu'il y aurait un roman à faire avec l'histoire de ma vie.

*\
* *

Certes, cette espèce, qui ne varie que par la banalité plus ou moins grande du récit, est bien digne d'être classée parmi les fâcheux.

Jeudi.

Voilà un homme bien désagréable.

C'est l'abbé ***, l'auteur d'un livre stupide, intitulé : le *Maudit*. Cet ouvrage, si l'on peut donner ce nom respectable à une insipide collection de lieux communs des mauvais lieux, a été attribué à bien des gens. Beaucoup ont protesté publiquement contre une semblable paternité.

Le secret de l'auteur reste bien caché, c'est fort heureux pour lui. En ne se nommant pas il a prouvé qu'il lui restait une ombre de pudeur.

Je ne m'amuserai pas à discuter cette œuvre, mais j'éprouve le besoin de placer une observation.

La couverture de ce livre porte :

LE MAUDIT
*Par l'abbé ***

Si l'auteur est un prêtre, il y a une chose bien simple à lui dire :

— Pourquoi êtes-vous entré en religion?

Sommes-nous encore au temps où une famille puissante forçait un cadet à entrer dans les ordres pour laisser à l'aîné le domaine tout entier?

Qui a pu vous contraindre?

Qui a pu vous tromper?

Quand vous avez prononcé vos vœux vous étiez un homme?

Alors de quoi vous plaignez-vous?

*

Si, au contraire, l'auteur n'est pas un ecclésiastique, s'il a pris un titre respecté pour frapper la curiosité publique, un pavillon honoré pour vendre une marchandise corrompue, il y a bien des choses à lui dire.

Si l'esprit libéral du gouvernement proclamait la liberté des bottes, il y aurait bien des choses à lui faire.

*

Maintenant, on me dit que cet auteur n'est ni prêtre,
ni laïque. C'est un Auvergnat.

Un de ces Auvergnats, connus dans le monde sous
le nom d'Interdits.

Eh bien ! je dirais volontiers à cet interdit-là :

— Je ne vous blâme ni ne vous approuve ; mais si
vous n'aimez pas la religion, n'en dégoûtez pas les
autres.

*
* *

Ces réflexions me viennent à l'esprit à propos d'une
réclame qui annonce, comme devant paraître bientôt,
une autre facétie intitulée :

UNE RELIGIEUSE

C'est-à-dire le pendant du *Maudit*.
Triste ! triste !

M. Francisque Sarcey a fait paraître dans l'*Opinion nationale* un article fort remarquable sur le banquet de Shakespeare.

Il y a dans ces quelques lignes du feuilleton plus de bon sens qu'on n'est habitué à en trouver dans les journaux sérieux.

M. Sarcey prend à partie l'immortel Hugo — je ne dis pas immortel parce qu'il est de l'Académie — et avec une logique qui n'est pas sans charme, il le raille, lui et ses fidèles, à bouche que veux-tu?

En fin de compte, il approuve le gouvernement d'avoir empêché le banquet.

Ce qu'il y a d'amusant dans tout ceci, c'est qu'on raconte que le rédacteur en chef et les collègues de M. Sarcey à l'*Opinion nationale,* avaient été les plus chauds partisans du banquet.

Je ne cite pas ce fait pour le tourner en moquerie, Dieu m'en garde! Je le rapporte, au contraire, comme un exemple charmant donné à ceux qui aiment la liberté dans sa simplicité et dans sa grandeur.

Vendredi.

Je viens de faire une visite. Ce n'est pas amusant.

Pendant que je causais avec le maître de la maison, sa femme a reçu une lettre. Elle m'a demandé la permission de la décacheter.

— Mais comment donc ! je vous en prie.

Aussitôt la lettre ouverte la dame s'est écriée :

— Ah ! mon Dieu ! mon ami, c'est X... qui me prévient qu'il vient dîner aujourd'hui avec nous.

Cet X... est un compositeur d'un grand mérite.

— Sacrebleu ! s'est écrié à son tour le mari, il faut sonner la cuisinière pour qu'elle se procure des huîtres bien vite.

— X... aime les huîtres ? ai-je demandé, curieux que je suis de m'instruire des plus petites choses qui concernent les grands hommes.

— Oh ! a dit la dame, il les aime sans les aimer.

— Oui, a dit le Monsieur, il en mange trois ou quatre.

— Alors pourquoi ?

— Ah ! je vais vous dire. Il y a trois ans, au jour d
l'an, il nous a offert des fourchettes à huitres.

Il dine chez nous deux ou trois fois par mois, et naturellement, lorsqu'il vient, ma femme n'est pas fâ-
chée de lui montrer qu'on fait cas de ses fourchettes.

Une bonne grosse cuisinière est venue prendre les
ordres de sa maitresse.

— Jenny, ma bonne,   X... vient diner, n'oubliez
pas les huitres.

Le cordon bleu est parti en murmurant :

— Encore un joli cadeau qu'il nous a fait, celui-là !

J'aime les fleurs avec passion.

Si je n'avais pas pour Sterne une profonde admiration, je préférerais le jardinier Alphonse Karr à Alphonse Karr l'homme de lettres.

Quand je vois un homme ou une femme profaner
des fleurs, je m'imagine être en face d'un professeur
cynique enseignant à de jeunes enfants l'art de dire,
avec leurs lèvres roses, de honteuses grivoiseries.

*
* *

J'ai connu, quand j'étais enfant, un brave et digne
homme de province qui passait sa vie à cultiver des
fleurs. Il les aimait pour elles-mêmes, car jamais il
n'ouvrait à personne la porte de son parterre.

Il avait fait une exception en ma faveur, parce qu'il
avait reconnu en moi un amant passionné de ses ado-
rées. Mon jeune âge l'empêchait d'être jaloux. D'ailleurs, pour lui complaire, j'arrosais à tour de bras et
j'ôtais avec soin les pierres qui souillaient son jardin.

*
* *

Un jour, croyant faire plaisir à mon vieil ami, je lui
portai une belle rose couleur de soufre que j'avais

cucillie dans le jardin de l'évêché pendant que le jardinier était allé boire.

— Ah! ah! fit le digne homme, où as-tu pris cette rose, petit malheureux; à l'évêché, sans doute? C'est mal, bien mal, ce que tu as fait là.

— Mais...

— Il n'y a pas de mais, tu as commis une bien vilaine action.

— Mais je vous assure, balbutiai-je, croyant qu'il s'agissait de mon larcin, je vous assure qu'on m'a donné la permission.

— Quelle permission?

— Mais celle de couper des fleurs quand j'en voudrais.

— Qui t'a permis cela?

— M. le chanoine B...

— Il n'a pas le droit de te permettre une semblable énormité.

— Mais si vraiment, puisqu'il est le maître quand Monseigneur n'est pas là.

— Monseigneur!... Ton seigneur n'a pas plus le droit qu'un autre.

— Cependant...

— Il n'y a pas de cependant; nul n'a le droit de permettre un crime, et c'est un crime, entends-tu bien, que tu as commis en coupant cette rose. Crois-tu que Dieu l'ait créée pour la faire massacrer par un polisson de ton espèce? Va-t'en, et ne reviens plus.

— Mais, monsieur...

— Ça dit que ça aime les fleurs et ça les coupe! fit le bonhomme en levant les épaules. Aimes-tu ta mère? Oui, n'est-ce pas? Eh bien! tu ne lui donnerais pas un coup de couteau, je pense?

*
* *

Je partis en pleurant, bien convaincu que j'étais un meurtrier.

En chemin, je rencontrai trois ou quatre gamins et je me mis à jouer aux billes avec eux jusqu'à la nuit.

J'arrivai à la maison où on était fort inquiet, et comme mon pantalon était déchiré au genou et ailleurs, on m'envoya au lit sans souper.

Je m'endormis convaincu que le châtiment dû à ma mauvaise action ne s'était pas fait attendre.

*
* *

Depuis ce jour les fleurs m'étaient sacrées.

Quelque trois ans après cette dure leçon, j'étais dans le jardin paternel, épiant à travers la haie une jeune fille qui chaque jour se promenait à la même heure dans le verger voisin. Mon cœur battait bien fort, bien fort. J'avais quinze ans! Elle était jolie et gracieuse, avec de beaux cheveux si brillants que, lorsque les rayons du soleil se jouaient dans leurs fils d'or, on ne savait plus si c'était le soleil qui était sur sa tête ou si sa tête était dans le ciel.

*
* *

En la voyant s'avancer vers la clôture de ronce j'appelai tout mon courage, et, après un sublime effort, je lui dis:

— Bonjour, mademoiselle.

— Bonjour, me répondit-elle, et nous restâmes deux minutes sans parler, sans doute pour savoir lequel de nous deux rougirait le plus.

Il est probable que ce fut moi.

Comme les jeunes filles ont plus d'esprit que les garçons, elle rompit le silence. Elle fit bien; car, si elle n'eût parlé, je serais encore à la regarder derrière la haie, certainement.

— Tiens! fit-elle, vous avez du lilas blanc chez vous?

— Oui, mademoiselle.

— Nous, nous n'en avons pas.

— Vous pourriez en faire planter, la culture en est extrêmement facile.

— Voulez-vous m'en donner une branche?

A cette demande je devins cramoisi comme une pivoine, puis pâle comme un narcisse. Je m'avançai vers l'arbuste, et d'une main tremblante j'abattis une branche.

— Tenez, lui dis-je, je fais une bien vilaine action; mais que m'importe un crime pour vous être agréable?

Elle me regarda étonnée.

— Quel crime? dit-elle; quelle mauvaise action?

— Ne savez-vous pas que couper une fleur créée par Dieu c'est commettre un meurtre?

— Qui vous a dit cela?

— M. Morin-Bertrand, du Clos-Verdier.

— C'est un vieux fou, dit-elle en riant.

— Pas si fou! il a peut-être raison.

— Non, reprit-elle sérieusement; car si Dieu n'avait pas voulu qu'on coupât les fleurs, tous les pauvres auraient des jardins.

*
* *

L'enfant avait raison, le vieillard avait tort.

Et pourtant qui sait!

Aujourd'hui la jeune fille a trente-sept ans bien comptés, et il me semble que sa douce logique n'est pas aussi serrée que je l'avais cru tout d'abord.

*
* *

Je suis toujours irrité lorsque je vois une fille de rien

placer à son corset de vingt francs un bouquet de violettes d'un sou.

⁂

Je suis irrité quand j'aperçois ces drôlesses, échappées de Sion, qui, le jour, vendent des éponges, et, le soir, s'en vont sur le boulevard planter effrontément une rose douteuse à la boutonnière du premier passant venu.

Faveur fanée, payée par une pièce de dix sous et une obscénité.

⁂

Je suis irrité quand j'entends un imbécile dire :

— J'ai dîné hier chez Mme X... Ce matin je lui ai envoyé un bouquet superbe.

Il appelle ça rendre une politesse!

On lui a offert une place à la table; il sort un louis de sa poche, et il se croit quitte, l'impertinent!

On lui a donné du veau aux carottes; il rend du réséda aux pervenches!

Bien spirituel !

*
* *

Je suis irrité quand je vois une jeune et jolie femme
se réjouir parce qu'elle a reçu un bouquet surmonté
d'un gros camélia qui se tient droit comme un piquet,
parce qu'une bouquetière mal apprise lui a fourré un
fil de fer dans le calice.

*

Les *vaudevillières*, c'est-à-dire les femmes de théâtre, qu'il est bon de ne pas confondre avec les comé-
diennes, voire les actrices;

Les *vaudevillières*, dis-je, affectent de raffoler des
fleurs.

Elles en demandent à leurs amies, à leurs camarades de théâtre qui habitent la campagne, à l'Arthur,
au boursier, au gentleman, à tout le monde.

Et tout le monde leur en donne.

Quand on ne leur en donne pas elles s'en envoient.

*
* *

Il faut entendre leurs cris, lorsqu'elles en reçoivent.

— Les fleurs! c'est mon rêve.

— Les fleurs! c'est ma joie.

— Les fleurs! oh! les fleurs! Je ne pourrais pas vivre sans fleurs!

Et elles les mettent dans leur cuvette!

*
* *

En disant avec la naïveté qu'on leur connaît :

— Comme ça, au moins, elles resteront fraîches.

— Eh bien! et vous donc?

*
* *

J'avais cru qu'on ne pouvait aller au delà dans la *galvaudation* des fleurs.

Hélas! je m'étais trompé. Samedi, à l'Opéra, où avait lieu une représentation au bénéfice de la Caisse des auteurs dramatiques, les fleurs ont servi d'instrument de vengeance : des tulipes ont été transformées en poignards.

Ah! que la méchanceté des hommes est grande! sans compter celle des femmes.

Voici le fait dans toute sa révoltante brutalité :

M. le directeur impérial de l'Opéra, dans le désir extrême de donner un grand relief à son théâtre, s'imagina de faire venir un ballet d'Italie. Librettiste, compositeur, répétiteur et danseuse furent expédiés non franco du pays des arts. Le macaroni triomphait sur toute la ligne.

D'abord il y eut un grand enthousiasme.

Que dit-on de la *Maschera?* Tel était le cri général.

On disait que l'auteur était un grand homme, que le compositeur était un grand génie, et pour preuve il avait composé l'air fameux :

Ah! zut alors, si Nadar est malade ! (en italien !)

moins généralement connu sous le nom de *Marche milanaise*.

On annonçait aussi une charmante femme, une adorable danseuse, dont le doux nom (Amina Boschetti), célèbre en Italie, avait déjà franchi les Alpes.

Pendant quelque temps tout alla bien. Giorza était un homme de génie, le répétiteur un grand homme, et la Boschetti la merveille des merveilles.

***

Hélas! l'enthousiasme ne dura pas longtemps. Un matin, un compositeur grincheux poussa un cri de révolte.

— Trop d'Italiens à la clef !

De la rue Le Peletier à la rue Drouot, du boulevard à la rue Rossini, un écho formidable répondit :

— Trop d'Italiens à la clef.

.˙.

— Quoi ! disait le peuple de l'Opéra, nous avons Masquillier, nous avons Petipa, nous avons Coraly, nous avons Saint-Léon, nous avons Berthier, l'ami de Molière,

Qu'avons-nous besoin de Rota ?

.˙.

Nous avons Macé, Offenbach, nous avons Boulanger, nous avons Duprato et mille autres talents,

Qu'avons-nous besoin de Giorza ?

.˙.

Nous avons Zina dont l'Opéra s'honore, nous avons

la Mourawief, nous avons Baugrand, Baratte, Pilatre, Parent, Sclosser, Stoïkoff, Pilvois et la petite Malo,

Qu'avons-nous besoin de la Boschetti ?

*
* *

Oui, on disait tout cela, oubliant que le génie n'a pas de patrie et que Paris est la capitale du talent.

*
* *

A partir de ce moment, les braves étrangers ne furent pas heureux.

Plus d'une fois ils durent penser que, pour l'hospitalité, la France n'est pas à la hauteur de l'Écosse.

Le ballet fut exécuté.

Le public fut satisfait.

Il admira la Boschetti et sa danse étonnante, originale, pleine de force et d'audace. Il applaudit à outrance.

Malheureusement les abonnés ne firent pas comme le public.

Je suis trop l'ami de la liberté pour blâmer les abonnés ; je constate un fait et voilà tout, et je reviens au rôle affreux que d'innocentes fleurs ont joué dans cette affaire.

* *

Samedi soir, alors que Mme Amina Boschetti revenait d'exécuter sur des pointes sans pareilles un pas vivement applaudi par le vrai public, deux affreux petits bouquets de quatre sous, lancés de l'orchestre, tombent aux pieds de la charmante danseuse.

* *

Il est bien difficile de dire tout ce qui a dû se passer dans le cerveau de la brave artiste. Les gens du monde ne comprendront jamais les grandes douleurs du théâtre.

Que faire de ces misérables bouquets tombés au milieu des applaudissements ?

Sous peine de manquer de respect au public, l'artiste a dû les prendre et saluer gracieusement.

Gracieusement! voilà où est l'horreur.

*
* *

Les bouquets de théâtre n'ont que deux origines l'amour ou l'amitié.

Les amoureux les jettent de l'avant-scène des deuxièmes.

Les amis, ou plutôt les amies de l'artiste, se placent volontiers au premier rang de la galerie.

Parfois les artistes de sixième ordre se font jeter par leur portier un bouquet acheté par elles.

*
* *

Les affreux bouquets jetés à la Boschetti venaient de l'orchestre.

A coup sûr, le crime n'a pas été commis par un abonné. Les abonnés sont des gens du monde qui n'iraient pas s'affubler d'un bouquet ridicule en plein Opéra.

Ces vilaines fleurs ne venaient pas d'un amoureux,

6.

elles eussent été merveilleuses ; ni d'une amie, elles eussent été superbes.

Elles venaient donc d'une main jalouse ou ennemie, mais laquelle? On ne le saura jamais ; le temps seul vengera l'émule et la rivale des Taglioni, des Cerrito, des Rosati.

———

Lundi.

Un article de Timothée Trimm fait sensation.

Mardi.

Voir le précédent.

Mercredi.

Voir les numéros du 2 et du 3 mai.

Jeudi, jour de l'Ascension.

Le jour de l'Ascension donne à M. Ernest Renan
l'idée de faire un livre intitulé *la Vie de Godard*.

*
* *

Dans cet ouvrage, l'éminentissime savant expliquera,
avec la façon pittoresque qui le caractérise, comment :

Godard, qui employait la montgolfière, n'était point
le fils de Montgolfier.

*
* *

Les génies s'en vont : Delacroix, Flandrin et
Meyerbeer.

Tristes et irréparables pertes.

Certes, il est doux de penser qu'il y a une autre vie;
que lorsqu'on meurt tout n'est pas fini.

Un grand penseur a dit : « La vie n'est que la préface de la mort. »

C'est égal, ça ne donne pas envie d'acheter le livre.

———————

Jendi.

Ah ! le vilain temps que le nôtre, on rit de tout. Je me trompe, si on riait, il n'y aurait pas grand mal, on fait pis que cela : on *blague* tout.

***

J'espère bien que les critiques verts ne m'accuseront pas de parler argot, et qu'ils voudront bien se souvenir que c'est M. Proudhon, l'homme de France qui parle le meilleur français, qui a glissé le premier le mot *blaguer* dans le style parlementaire.

***

Il a eu la main heureuse, le mot a fait son chemin.

Il est passé non-seulement dans la conversation, mais encore dans la littérature moderne, où il s'emploie avec un certain succès.

Dans la vie pratique, on abuse, non du mot, mais de la chose. Tout le monde blague.

* *

La *blague* est vieille comme le monde.

Jacob achète à Esaü son droit d'aînesse. Il met sur son dos une peau de chevreau pour faire croire à Isaac aveugle qu'il est bien le fils velu, et il obtient la bénédiction paternelle de cette façon.

Pour juger les hommes suivant leurs œuvres, comme disaient les Saints-Simoniens, on peut admettre que : Isaac — pas Péreire — est un père dindon ; Jacob un homme fort — autrefois on aurait dit une canaille ; — Esaü est un imbécile *blagué* jusqu'à la corde.

* *

Blaguer est un verbe dont le besoin se faisait tout à

fait sentir. J'entends, cela va sans dire, le nouveau verbe blaguer, et non l'ancien qui signifiait l'habitude de mentir ou de dire des choses naïves et de peu de valeur.

Nos pères employaient le mot *blague* pour désigner une vessie desséchée dans laquelle les gens du peuple mettaient du tabac.

Par une image assez naturelle, ils avaient donné le nom de blague, c'est-à-dire vessie vide, à une fanfaronnade mensongère.

C'était ingénieux, mais ce n'était pas fort.

.·.

Aujourd'hui, le mot *blague* est devenu le plus grand mot de la langue française.

Il s'applique dans tant d'acceptions, que si on l'écoutait, il faudrait faire un dictionnaire pour lui tout seul.

.·.

Voyez-vous ce bon M. de Vaugelas revenant sur

terre; ce bon M. de Vaugelas qu'on appelait le légis-
lateur du beau langage; M. de Vaugelas, qui préféra
voir son unique nièce rester fille plutôt que de lui
donner en mariage un gentilhomme toulousain qu'elle
adorait, — et cela par le seul fait que ce gentilhomme,
le chevalier de Canolles, disait : « *Faites-moi lumière,*
je vous prie, j'ai laissé tomber *la* canne dans l'escalier. »

Or, que dirait le bon M. de Vaugelas si, rencontrant
Siraudin sur le boulevard, ce dernier lui disait :

— Cher monsieur de Vaugelas, vous avez tort de
ne pas donner votre consentement à votre nièce, qui
est charmante. Vous faites une affaire d'État d'un rien
Que vous importe qu M. de Canolles, qui est très-
gentil, parle ainsi ou autrement ? Il faut prendre la vie
en blague, que diable !

— Cher monsieur Siraudin, répondrait Vaugelas,

vous jetez une grande confusion dans mon esprit. Si
je n'avais pas été à même de remarquer cent fois que
vous connaissiez mieux la langue française qu'aucun
homme qui soit au monde, je vous ferais répéter votre
phrase. Comment, je vous prie, admettre qu'il soit
loisible à l'homme de prendre la vie en vessie? Est-ce
à dire qu'on puisse enfermer son existence dans de la
peau de porc desséchée? Je ne saurais admettre cette
hypothèse.

« Prendre la vie en blague. »

« La faire à la blague. »

« Blaguer la situation. »

Sont autant de formules acquises désormais au
langage.

C'est ennuyeux, mais c'est ainsi.

Je vois d'ici mon lecteur de la Bretèche entrer dans
une colère bleue et s'écriant:

— Il est possible que *ces* messieurs de Paris emploient de pareilles expressions; mais jamais, au grand jamais, on ne fera que je me serve de locutions semblables.

L'abonné de la Bretèche a la naïveté de croire que Dieu l'a mis sur terre pour moucher la lumière des mondes.

*
* *

Il y a quelques vingt ans que Daumier, « un crayon de génie, » comme dit la tribu des Savards, inventa ou mit à l'ordre du jour le mot « floueur. »

Une bonne moitié de la France se souleva indignée et protesta contre ce mot d'argot. Aujourd'hui elle proteste encore, mais plus contre le mot, contre les floueurs.

*
* *

Prendre la vie en blague c'est se moquer de tout.

Ainsi on vient dire au monsieur qui prend la vie en

blague, que son homme d'affaires est parti pour la Belgique en lui emportant cinquante mille francs.

Il répond :

— C'est toujours ça que je ne perdrai pas au baccarat.

**

— Cher monsieur, qui prenez la vie en blague, j'ai la douleur de vous annoncer que madame votre tante est morte hier.

— J'avais toujours dit qu'elle finirait comme ça.

— Elle laisse sa fortune aux hôpitaux.

— C'est le meilleur moyen pour que j'en aie un jour ma part.

**

— Monsieur, qui prenez la vie en blague, je viens d'apprendre le malheur qui frappe votre famille, croyez que j'y ai pris une vraie part.

— Quel malheur?

— Mais on m'a dit que votre sœur venait de... de se... séparer de son mari.

— Ah ! oui, c'est vrai, je n'ai jamais connu un chançard comme mon beau-frère.

*

« La faire à la blague, » c'est faire sans conviction les réponses que le monsieur ci-dessus fait avec sincérité.

*

Blaguer la situation, c'est éclater de rire dans un moment sérieux, triste ou sombre.

Les gens qui blaguent la situation sont généralement des gens mal élevés ou de petits imbéciles qui veulen faire les hommes forts, les fanfarons de canaillerie.

*

Le jockey Jones et la jument Metella tombent en

sautant la rivière. La jument est morte sur le coup,
le jockey a eu deux bras brisés.

Le monsieur qui blague la situation s'écrie d'une
voix éraillée :

— Ça le gênera pour se moucher !

.·.

Ce qu'il y a d'horrible, c'est que les amis du monsieur qui a blagué la situation disent partout le lendemain :

— Hier, à La Marche, le vicomte de Muflonne a fait
un mot charmant.

.·.

Et ils répètent le mot charmant!

.·.

Or, il ne se passe pas un événement un peu saillant

à Paris, en province où à l'étranger, sans que la tribu des Blagueurs ne se lève comme un seul homme.

. .
.

L'événement blagué dans ce moment est le procès La Pommerais.

A Dieu ne plaise que je donne ici une place à cette série de plaisanteries douteuses.

Pourtant je veux consigner un fait qui prouve combien les jeux de Bourse et les jeux de Courses — deux mots qui riment fatalement — ont semé dans les masses la ridicule et dangereuse manie des paris.

.
. .

Dans les cafés du boulevard on dit aux gens qui entrent : Voulez-vous mettre un louis dans une poule La Pommerais?

.
. .

Ceci demande une explication.

L'issue du procès, sans être prévue, ne peut pas varier beaucoup. Il n'y a que quatre hypothèses admissibles.

Le jury acquittera le prévenu, purement et simplement, en ce cas : c'est la liberté.

Ou le jury ne verra dans les faits incrimés qu'un homicide par imprudence : — c'est la prison.

Ou bien encore le jury, tout en déclarant l'accusé coupable, peut trouver des circonstances atténuantes, ce qui ferait prononcer par la Cour la peine des travaux forcés.

Enfin, dernière hypothèse, le jury peut trouver l'accusé sans excuses et déclarer qu'il est coupable, sans qu'aucune considération ne vienne atténuer son crime : cette fois, c'est la mort.

Ceci étant posé, le reste s'explique facilement.

Supposez une course où quatre chevaux soient engagés.

Liberté, jument pur sang appartenant au bon Dieu.

Prison, jument anglaise, à M. le préfet de police.

Bagne, cheval de la Guyane, à M. le ministre de la justice.

La mort, pouliche noire, à Monsieur de Paris.

.•.

Chaque parieur prend un cheval, et celui dont le cheval arrive le premier gagne l'argent des trois autres.

C'est là que les journaux de sport pourraient placer leur fameuse formule :

« Cette course a été des plus émouvantes. »

.•.

Il ne faut pas juger une nation par ce qui se passe dans quelques estaminets, ce serait bête et ridicule; mais il y a au fond de cela quelque chose de triste.

De tous ces parieurs, il y aura à coup sûr un quart qui fera des vœux anti-chrétiens.

Quand on parie c'est pour gagner. Eh bien! un monsieur qui a mis cent francs à une poule de ce genre, ne doit pas s'endormir, si honnête pilier d'estaminet qu'il soit, sans se dire :

— Mon Dieu! je ne désire la mort de personne; mais enfin, si l'accusé est déclaré coupable, je ne laisserai pas de gagner quinze louis.

.˙.

Un homme d'esprit a prouvé que le plus honnête homme du monde tuait ou tuerait volontiers un mandarin. Il a eu raison de prouver cela, c'est vrai.

Mais un mandarin est un Chinois.

Les Chinois ont bien des choses contre eux.

D'abord, ils sont ridicules ; quelle sympathie voulez-vous éprouver pour des citoyens qui font des saladiers

en pierre dure et bâtissent leur mur d'enceinte en por-
celaine!

⁚

Puis les Chinois, s'il faut en croire les associations
pour la propagation de la foi, ont la détestable habitude de jeter leurs nouveau-nés dans le premier ruisseau venu. C'est de la propreté mal entendue.

⁚

Les Chinois ont bien d'autres vices, ils abîment les
pieds de leurs femmes, ils fabriquent des lanternes et
leur peinture jette du vague dans l'esprit des artistes.
Que par la pensée on tue un mandarin, je ne vois vraiment pas grand mal à cela, mais qu'on tue un homme
à moitié mort, cela me semble bien triste. Si encore
on le tuait pour rien!

⁚

Les Anglais sont vraiment un peuple jaloux.

Le procès La Pommerais les empêchait de dormir, ils voulaient à toute force un procès célèbre tout à fait dans les mêmes eaux que celui de Paris.

Voici, d'après les journaux de Londres, ce qu'ils ont trouvé pour nous humilier :

.·.

« On s'occupe d'un procès *qui a une grande analogie* avec le célèbre procès de La Pommerais. L'accusé est un ingénieur civil nommé Tigear, époux d'une femme remarquablement belle. Dans un accès de jalousie, Tigear a tenté de se brûler la cervelle. Mistress Tigear a été acquittée. »

Où la rivalité qui existe entre la France et l'Angleterre s'arrêtera-t-elle?

———

J'ai déjà dit que : les crimes sont comme les oies

sauvages, voyageant par bandes dans certaines saisons. Il y a des saisons pour les viols, d'autres pour les assassinats; ce mois-ci est le mois des empoisonnements.

On juge à Turin un carabinier accusé d'avoir empoisonné sa femme.

C'est bien improbable. Pour moi je ne croirai jamais qu'un carabinier soit capable d'un si grand forfait.

Les beaux hommes ont l'âme élevée.

Comment supposer qu'un homme qui a un casque, une cuirasse, un bancal et des bottes, c'est-à-dire tout ce qui peut faire le bonheur d'un militaire, se soit abaissé à commettre une action aussi noire!

*
* *

Cependant cela pourrait bien être, on voit des choses si extraordinaires! Mais voilà où la chose se complique. On procède à l'exhumation et l'on trouve des traces évidentes de poison.

Seulement, il y a un seulement, et un fameux!

Seulement, il *paraîtrait* qu'on a exhumé un autre corps à la place.

Si le brave carabinier peut prouver maintenant qu'il n'a jamais eu de femme, tout porte à croire qu'il sera acquitté.

Quand on pense que depuis quatorze ans les habitants de Turin s'égosillent à dire que le Pape n'est pas infaillible !

V

Je ne sais à quel jour nous sommes?

Après tout, cela m'est bien égal.

Chaque jour amène son chagrin, et la bonté de Dieu est infinie.

Que m'importe que ce soit lundi ou jeudi, mardi ou un autre, puisqu'il fau travailler pendant six jours et s'ennuyer le septième.

*
* *

Le septième, je le saurai bien reconnaître. Je marcherai les bras pendants, cherchant la plume que je maudis pendant les six autres. L'ennui m'accablera, et si, par aventure, je ne ressentais pas le vide que laisse l'inaction, je saurais toujours à quoi m'en tenir : les boutiques seront fermées.

Les réactionnaires qui ne sont pas francs ou qui sont pusillanimes disent :

— J'aime la république, mais je n'aime pas les républicains.

C'est tout simplement absurde. Jamais un homme de bon sens ne s'aviserait de dire :

— J'aime les pruniers, mais je n'aime pas les prunes.

Or, les républiques portent des républicains, comme les pruniers portent des prunes. S'il y a une différence, c'est dans les noyaux. Les républicains sont plus difficiles à avaler.

*
* *

J'aime les boutiques, mais je n'aime pas les boutiquiers.

Je m'entends. Quand je dis : je n'aime pas les boutiquiers, ne croyez pas que cette antipathie vienne des raisons déduites par la bohème. Non.

Je trouve les boutiquiers honnêtes et laborieux au possible, intelligents, logiques, prévenants, spirituels, confiants à l'excès ; mais je ne les aime pas.

*
* *

— Alors, me dira-t-on, d'où vient cette haine ?

— Ce n'est pas de la haine.

— Cette horreur ?

— Ce n'est pas de l'horreur.

— Cette antipathie ?

— Franchement, je n'en sais rien ; je n'en ai jamais mangé.

*
* *

Entre autres défauts, les marchands en ont un bien désagréable.

C'est à savoir que, lorsqu'on n'a pas d'argent, ils ne veulent pas vous donner leurs marchandises, et que, lorsqu'on en possède un peu, ils veulent vous en donner trop.

*
* *

Les femmes spéculent sur ce défaut, et voilà ce qui se passe :

— Mon ami, dit Caroline à son mari, il faut que je t'avoue une chose.

Le mari frissonne. Quand une femme parle de faire un aveu, il y a toujours de quoi effrayer les plus braves.

— Ah ! fait l'époux, eh bien ! parle-moi, cher ange.

— Tu veux bien ?

— Certes.

— Tu ne te fâcheras pas ?

— Dame, ça dépend.

— Ah ! non, dis que tu ne te fâcheras pas ?

— Non, je ne me fâcherai pas.

— Oh ! dis-moi ça mieux ?

— Je te le dis mieux.

— Si c'est comme ça, je ne te dirai rien.

*
* *

Le mari, toujours tremblant, répond d'un ton caressant, mais soupçonneux :

— Que tu es sotte ! Pourquoi veux-tu que je me fâche ? Je n'ai aucune raison de me fâcher. Je ne me fâche pas à propos de rien ; voyons, chère aimée, dis vite.

— Eh bien ! — la femme hésite, — c'est bête ; mais j'ai une envie.

Le mari respire, l'aveu n'est pas mortel ; puis, tout à coup, il se redresse comme un conquérant, il regarde sa femme entre les pieds et la tête, et dit d'un petit air vaurien :

— Ah bah ! est-ce que?

— Oh ! que tu es bête ! tu dis toujours des bêtises ; ce n'est pas ça du tout. J'ai tout simplement envie d'une robe.

— Bon.

— Non, tu vas voir : d'une petite robe que j'ai vue dans un magasin, vingt-cinq sous le mètre, et en grande largeur encore; de la toile de laine; c'est pour le matin; ça revient à dix-huit francs.

— Eh bien ! achète-la.

— Mais, pardon, dix-huit francs avec le pardessus.

— Qui t'empêche de l'acheter?

***

— Mon Dieu, personne ; mais...

— Mais quoi ?

— Tu vas me trouver ridicule, je voudrais que tu vinsses avec moi?

— Pourquoi faire, grand Dieu !

— Pour la voir donc !

— Puisqu'elle te plaît !

— Mais si elle ne te plaisait pas?

— Pour dix-huit francs !

— Tiens! dix-huit francs, c'est dix-huit francs!

— Sans doute, mais un bon louis est bientôt passé.

*
* *

— Tu ne veux pas m'accompagner? C'est bien, tout est dit.

— Je n'ai pas dit que je ne voulais pas

— Je ne dis plus rien.

— Mais, sacrebleu!...

— Ne jure pas, mon ami, mon intention n'était pas de te contrarier.

— Mais puisque je te dis que je veux bien.

— Tu as l'air de me faire un sacrifice.

Ici le mari se met en colère.

— Un sacrifice! quel sacrifice? Mais sais-tu que tu deviens impossible à la fin? On ne sait plus par quel bout te prendre.

— Pardon, mon ami, j'ai tort.

Une larme vient perler les cils de la dame.

— Non, tu n'as pas tort; voyons, prends ton chapeau et allons, puisque ça te fait plaisir.

— Tu es bon.

⁂

— Quelle diable d'idée a donc Caroline de m'emmener acheter une robe de dix-huit francs? pense le mari : les femmes ont des idées étonnantes.

Attends, mon brave homme, tu vas être plus étonné tout à l'heure.

⁂

On arrive au magasin de nouveautés.

Les magasins de nouveautés vendent de tout, excepté de la nouveauté.

Monsieur et madame sont entrés.

Pardon, dit madame, en s'adressant à un beau

brun, les robes en toile de laine, s'il vous plaît, monsieur?

— Robes en toile de laine? très-bien, madame.

Le beau brun salue jusqu'à terre, et crie :

— Deuxième galerie à droite; m'sieu Edmond,
veuillez montrer à madame les toiles-laine à carreaux.

.•.

M. Edmond est un beau blond qui salue aussi jusqu'à terre. Il déroule avec grâce cinq ou six pièces
d'étoffes, et se gratte les ongles en attendant que les
clients fassent un choix.

— On porte beaucoup de ces robes-là, n'est-ce pas,
monsieur? demande Caroline.

— Oui, madame, répond le beau blond, on en
porte beaucoup, c'est-à-dire on en porte sans en
porter.

— Voulez-vous me couper celle-ci?

— Avec plaisir, madame.

Et il coupe, le lâche, ci . . . .   18 fr. 00 c.

C'est tout ce qu'il faut pour le matin et ce n'est vraiment pas cher, dit le beau blond en pliant l'étoffe
achetée ; madame veut-elle voir quelque chose de
mieux ?

— Oh non !... n'est-ce pas, mon ami ?

— Mais, ma chère, c'est toi que ça regarde.

— Tenez, madame, voici un nouvel article très à la
mode ; c'est du dernier goût, reprend le beau blond.

— Ah ! c'est une espèce de popeline, n'est-ce pas,
monsieur ?

— Oui, madame, c'est nouveau.

— Ça s'appelle ?

— Du Puebla uni, tissu anglais.

— Comment, dit le mari, qui trouve que le beau
blond sourit trop gracieusement à Caroline, comment
entortillez-vous ça, vous, du Puebla, tissu anglais ?

— Oui, monsieur ; on a baptisé ainsi cette étoffe en
souvenir de la prise de Puebla ; mais c'est d'importation anglaise.

— C'est le contraire de la victoire, répond militairement le mari de Caroline qui veut en imposer au beau blond, on en envoie partout, mais ça ne se fabrique qu'en France.

⁂

— Ah! charmant! délicieux! s'écrie le beau blond, ah! le mot est très-réussi.

Il quitte Caroline et va raconter le mot à ses collègues; le mari est visiblement flatté.

— Ça met la robe à quatre-vingt-quinze francs, dit négligemment la dame.

— C'est raide.

— Mais on ne peut pas avoir quelque chose de bien pour moins que ça.

— Non, monsieur, dit le commis revenu à son rayon, c'est pour rien.

— Pour rien, pour rien...

— Oui, monsieur, relativement.

— Aimes-tu mieux celle-ci ou celle-là, toi, mon ami?

— Ce n'est pas pour moi, répond le mari furieux.

— Eh bien ! donnez-moi celle-ci.

— Très-bien, madame, vous en serez contente.

Il fait des plis sur sa main pour montrer l'effet.

— Tenez, voyez, c'est charmant.

— Oui, c'est charmant.

— C'est charmant, c'est chamois plutôt, dit le mari.

— Charmant et chamois, ça rime, dit le beau blond.

— C'est un imbécile, pense le mari, et le voilà à moitié consolé.

— C'est égal, reprend-il, tu diras tout ce que tu voudras, mais je trouve qu'une robe tout unie c'est monotone.

— Monsieur a raison, fait le commis, ce serait affreux sans la garniture.

— Épouvantable ! répond la dame.

— Quelle garniture ? demande le mari en ouvrant de grands yeux.

.

— Il va te falloir encore une garniture ?

— Mais, mon ami, il n'y a pas de robe sans garniture. N'est-ce pas, monsieur?

— Mais certainement, madame, une robe qui n'aurait pas de garniture ne serait pas une robe.... garnie.

— Voyons, voyons, s'écrie le mari, qu'est-ce que
vous appelez une garniture?

— Alfred, répond tout bas la dame, si tu es venu
ici pour me faire une scène, retournons à la maison,
je t'en prie.

— Ce que nous appelons la garniture de ces robes-
là, monsieur, répond imperturbablement le beau
blond, c'est un corsage en soie écossaise, comme la
bordure de la robe et du jupon pareil, la première
jupe relevée par des pattes en soie ou en passementerie, pour remplacer les tirettes, car on n'en porte plus.
Voilà, monsieur, ce que nous appelons une garniture.
Sans garniture et sans jupon pareil, ce ne serait pas un
costume.

— Maintenant, continue le commis, on met la gar-

8

niture suivant son goût, en soie ou en passementerie.
Les personnes ingénieuses mêlent la passementerie et
la soie, ça sied très-bien.

— Oui, reprend le mari, il y a comme ça des personnes très-ingénieuses.

**

Le beau blond a fait un paquet des deux robes et
dit :

— Permettez, madame, je vais vous conduire au
rayon de la soie. Monsieur Armand! s'écrie-t-il de
loin, veuillez montrer à madame des Durward et des
Mac-Yvor.

Un châtain superbe et trois ou quatre *soyeux* s'em-
pressent autour de la dame.

En considérant tous ces jeunes gaillards qui re-
gardent sa femme en souriant avec prétention, Alfred
se dit :

— Si j'étais le gouvernement, j'empêcherais des
hommes jeunes, forts, robustes, d'occuper des emplois

que des femmes pourraient remplir ; au moins ça
donnerait des bras à l'agriculture.

.*.

La dame, pressée et sollicitée de mille façons, a
acheté pour cent trente francs de Mac-Yvor.

— Qu'attendons-nous ? demande le mari.

— Mais, mon ami, il faut que je voie la passementerie.

— C'est juste.

Madame est raisonnable, elle n'en prend que pour
soixante-dix francs.

.*.

Enfin, les voilà partis. Mais le beau blond revient et
dit d'un air langoureux, en frisant sa barbe :

— Madame a oublié les doublures.

— Que je suis étourdie !

On ajoute quarante francs de doublures ; il faut que

les manches soient doublées de soie ; mais c'est de la soie très-légère.

*
* *

C'est cher, mais ça peut servir deux fois.

*
* *

D'ailleurs on ne peut faire autrement.

*
* *

— C'est égal, pense le mari, ces commis sont très-désagréables, ils ont un regard effronté. On devrait les envoyer à tous les diables. Au moins ça ferait des bras pour l'agriculture.

*
* *

En descendant l'escalier du premier, madame dit en minaudant :

— C'est Alfred qui va gronder sa petite femme qui a fait des folies.

— Moi, oh! du tout, du tout.

— Tu dis ça!

— C'est vrai, seulement...

— Ah ! il y a un seulement?

— Mais certainement. Je ne regrette pas l'argent, ce n'est pas pour les trois cent cinquante-trois francs ; mais j'aurais mieux aimé te voir dépenser ça en choses utiles, en choses qui restent, en linge, par exemple.

— Du linge, monsieur? s'écrie une demoiselle du magasin, nous en avons de très-beau : si monsieur veut voir?

— Mais !

— Eh bien! dit la dame, puisque tu veux du linge, voyons.

— Nous avons de très-beaux services de table, très-avantageux, c'est un solde.

8.

Dans les magasins de nouveautés, quand on a dit :
« C'est un solde » on a tout dit.

Séduite par le bon marché, la dame en prend pour
dix louis : une misère!

.·.

— Madame veut-elle voir de la lingerie pour elle?
Nous avons des nouveautés avantageuses : c'est un
solde.

Le monsieur va éclater ; mais sa femme lui pince le
bras jusqu'au sang, et lui dit tout bas :

— Alfred, je t'en supplie, quand je suis à ton bras,
ne regarde donc pas comme ça les filles de boutique.

Le monsieur est atterré; la dame profite de la situation pour s'offrir des cols et des manches de toutes les
espèces. Elle en a pour trois cents francs.

.·.

— A ta place, lui dit son mari avec une ironie furieuse, à ta place je prendrais deux ombrelles, quelques

douzaines de paires de gants, des rubans et autres fanfreluches.

Madame feint de ne pas voir la fureur de son époux, et fait quelques menues emplettes pour la bagatelle de douze louis, et l'on revient à la maison sans souffler mot.

*
* *

Le monsieur a compté en route; sa fureur, grande d'abord, a fini par diminuer.

Il adore sa femme, elle est heureuse, c'est tout ce qu'il désire.

Cependant il veut placer une observation.

— Dis donc, bichette, mille cinquante-trois francs, en voilà une petite robe qui n'est pas pour rien !

Madame ne répond pas. Monsieur continue toujours, riant :

— On a un peu bien mis son mari dedans?

La dame ne répond pas.

— Voyons, ma chère, tu me coûtes les yeux de la

tête, et je ne te gronde pas, tu devrais au moins avoir l'air heureux ?

— Écoute, répond enfin la dame d'un air digne et douloureux, écoute, Alfred, je t'avertis que c'est la dernière fois que je mets les pieds avec toi dans un magasin.

— Et pourquoi? s'il te plaît.

— Pourquoi, monsieur? parce que c'est dégoûtant de vous voir regarder les femmes comme vous le faites!

———

VI

Je me suis souvent demandé, beaucoup d'autres ont fait comme moi, pourquoi les gens de plaisir préféraient s'amuser la nuit.

C'est que vraiment la nuit a sur le jour des avan-/tages très-grands.

Pas de curieux, pas de fâcheux, pas de visites et pas de créanciers. Puis la nuit est fraîche l'été, chaude l'hiver.

La nuit les femmes montrent sans crainte bien des

choses qui brillent aux feux des lumières et qui pâli-
raient devant les rayons du soleil.

* * *

Cependant tous ces avantages ne suffiraient pas
pour justifier cette préférence.

On pourrait mettre des grilles qui arrêteraient toute
curiosité.

On pourrait avoir des serviteurs intelligents qui
éloigneraient les fâcheux.

On pourrait faire mettre ses créanciers à Clichy, ce
qui serait tout au moins une originalité.

Rien n'empêche d'avoir l'été des appartements frais,
et l'hiver on peut aussi bien chauffer le jour que la
nuit.

Des stores ingénieux, des rideaux discrets permet-
traient aux femmes de montrer tout ce qu'elles voudraient.

Donc le jour pourrait lutter avec avantage.

.*.

Ce n'est pour aucun de ces motifs que les heureux dédaignent le jour et adorent la nuit.

Je crois, je n'affirme pas, avoir trouvé le mot de ce rébus humanitaire.

La nuit, il n'y a pas d'enterrements.

.*.

S'il y en avait, on ne les verrait point, mais il n'y en a pas.

Il serait pourtant plus logique de profiter de la nuit pour confier à la terre ceux qui ne sont plus.

L'hygiène, les convenances et la mise en scène y gagneraient.

.*. .

Voyez-vous le convoi de Meyerbeer passant dans la nuit sombre, à la lueur rougeâtre des torches, précédé

ou suivi par des artistes vêtus de noir, exécutant la
marche aux flambeaux?

*
* *

Cela serait très-grand.

Bien autrement beau, certes, que la gare du Nord,
imprégnée des rayons du soleil du Midi, où se grou-
paient, pareils à des cantonniers allant aux élections,
les membres des Sociétés chorales, tous enfants de
Lutèce et moutards d'Apollon.

*
* *

Le convoi du pauvre, ce fameux convoi du pauvre
suivi du fameux chien qui a tant ému les cœurs sen-
sibles, le convoi du pauvre serait plus navrant encore
dans l'obscurité.

Les hurlements plaintifs du « dernier ami » seraient
plus sinistres que sa tristesse résignée.

.:.

Mais il n'est pas nécessaire, dira-t-on, que le convoi du pauvre soit lugubre.

Il est bon, au contraire, que le plus lugubre désespoir entoure le convoi du pauvre. — Ça fait réfléchir riches.

.:.

Il est bon que les riches soient enterrés pompeusement, avec des panaches, des pleureurs, des maîtres de cérémonies, les chevaux caparaçonnés de housses noires brodées d'argent.

Ça console les pauvres.

Le riche a été envié pendant toute sa vie. Durant soixante ans des milliers de pauvres se sont dit en le voyant :

— Pourquoi celui-ci a-t-il tout et n'ai-je rien?

— Pourquoi mange-t-il quand j'ai faim?

— Pourquoi suis-je à moitié nu au milieu de l'hiver et pourquoi a-t-il des habits?

— Pourquoi se chauffe-t-il quand j'ai froid?

— Pourquoi a-t-il une voiture et moi des béquilles?

— Pourquoi sa maîtresse sourit-elle quand ma femme pleure?

— Pourquoi ses enfants donnent-ils à leurs chiens des friandises, quand les miens se nourrissent d'aliments dont leurs chiens ne voudraient pas?

⁂

Le convoi somptueux du riche est la revanche des pauvres.

Quand il part de la Madeleine pour aller au Père-Lachaise, tous les malheureux qui lui ont porté envie encombrent les trottoirs du boulevard, ils se pressent, s'avancent pour le voir passer, et ils saluent.

Ils se découvrent, non devant le corps, mais devant la mort, qui est la déesse de l'égalité.

Alors tous, tant qu'ils sont, ces pensionnaires de la

table de l'occasion dont le hasard est l'hôte, ils se disent :

— J'aime encore mieux être dans ma peau que dans la sienne.

**

Ils s'en vont, à moitié consolés, chercher péniblement le pain du jour, et si sur leur route ils sont éclaboussés ou un peu écrasés par un autre riche, — ils ont beau mourir, il en reste toujours, — les malheureux, au lieu de se plaindre, lui envoient tristement cette naïve prédiction :

— Va donc, toi, avec tes embarras, tu crèveras comme les camarades, et ton cheval aussi.

**

La nuit donnerait aux enterrements une grandeur dont la mort a besoin à Paris plus qu'ailleurs.

En province, quand Durand meurt, ses parents, ses

amis, la famille de sa femme, celle de son gendre, tout cela l'accompagne avec tristesse.

Tous le connaissaient ; il n'y a pas d'indifférents.

.*.

Le convoi passe dans la grande rue ; la petite ville tout entière est sur le pas de sa porte.

— Ce pauvre Durand, il a été bien vite enlevé.

— Durand, quel Durand ?

— Durand de la rue Neuve. Durand le tailleur.

— Allons donc! c'est lui qui fit mon habit de noce.

— C'était un brave homme

— Un peu cher.

— Il faut que chacun vive

— C'est pour ça qu'il est mort.

— Sa fille est bien jolie.

— M. Fluret le médecin avait dit qu'il le sauverait.

— Ils disent tous de même.

— Laisse-t-il quelque chose?

— Il était à son aise.

.·.

Tout cela est vulgaire, banal, mais enfin c'est quelque chose.

A Paris, quand Durand meurt, il n'a pas de famille; ses voisins ne le connaissent pas. Quelques gens du quartier l'accompagnent, parce qu'ils accompagnent tout le monde.

— Je ne connais pas le défunt, mais enfin si je mourais, je ne serais pas fâché d'avoir un peu de monde à mon enterrement.

Tel est le raisonnement qui entraîne le boutiquier parisien vers les hauteurs de Montmartre.

.·.

Le boucher, le boulanger, le fruitier, l'épicier, le marchand de vin et le charbonnier accompagnent Durand à sa dernière demeure en disant:

— C'était une pratique!

Ce qui signifie :

— Je lui ai vendu à faux poids, je l'ai trompé, je lui ai fait payer du bois vert pour du bois sec, je lui ai vendu du Suresnes pour du Bordeaux ; je l'ai étranglé, mais je l'enterre, qu'a-t-il à dire ?

*
* *

Puis, ça fait bien dans le quartier. Un fournisseur qui enterre ses clients est fort recherché dans les maisons où il y a des vieillards ou des malades.

*
* *

Il y a aussi les gardes nationaux qui forment la haie et portent la crosse à l'envers ; touchant emblème de leur bon sens.

Sur ces dix-huit soldats de fantaisie, il y en a seize qui ont donné vingt sous au tambour pour être de service.

C'est une bonne journée pour eux.

Après le cimetière, ils vont boire du petit bleu et manger du fromage à la barrière.

Quelques-uns mangent du lapin en gibelotte ; mais ce n'est pas là une circonstance atténuante.

*
* *

Malgré tout son entourage grotesque, la mort porte en elle quelque chose de grand.

On voit, à Paris plus que partout ailleurs, des hommes d'un aspect sinistre et repoussant, misérable et odieux. Leurs vêtements suent la misère ; leur visage et leur démarche flottent entre le crime et l'abjection. En les voyant passer on se dit :

— Pourquoi est-il sur terre de pareils misérables ?

Ils meurent au coin de la borne, et l'on se découvre.

Le souffle de Dieu est comme le feu, il purifie tout.

Tous les jours à Paris il y a mille rassemblements.

C'est un homme écrasé.

C'est une femme qui a faim.

C'est un enfant qui s'est noyé.

C'est un riche qui meurt d'apoplexie.

Un pauvre qui meurt de faim.

C'est un homme qui meurt pour rien, parce qu'il faut mourir.

Les badauds s'approchent, idiots et curieux.

— Qu'est-ce?

— Qu'y a-t-il?

— Savez-vous ce que c'est?

Et toutes les figures ont un caractère différent. On dirait un spectacle dont on vient d'ouvrir les portes, chacun s'apprête à s'amuser à sa manière.

Mais une voix perce la foule et répond aux mille questions ces six mots éternels :

— C'est un homme qui est mort!

Alors la foule se tait et se recueille.

L'humanité demande à réfléchir.

.˙.

L'un des plus brillants esprits de notre temps, je ne
le nomme pas afin qu'il sache le grand cas que je fais
de son intelligence supérieure, me faisait un jour l'honneur de me dire :

— La mort est une horrible chose. Il m'est impossible d'y penser sans effroi.

Pourquoi Dieu n'a-t-il pas laissé l'espérance au fond
de la boîte ?

Pourquoi n'est-il pas, tous les ans, un être privi-
légié qui soit immortel ? Ça ne ferait jamais que mille
huit cent soixante-quatre hommes de plus dans l'univers entier.

✦
✦ ✦

De cette façon tout le monde espérerait. Chacun se
dirait : — La vie est une loterie, c'est peut-être moi
qui gagnerai le vase d'argent.

Espoir bien incertain, sans doute, mais espoir après
tout.

Maîtresses, enfants, femmes, fortune, maison, jardin,
livres, il faut tout quitter.

Heureux seraient les hommes si chaque matin, en saluant l'aurore, chacun pouvait se dire :

— Je serai peut-être celui qui n'aura rien à quitter.

.·.

Mais non, au lieu de ce mythe consolateur, il n'y a qu'une réalité écrasante qui crie à l'homme sur son déclin :

— Ne bâtis pas, ne plante, ne sème pas ; ton heure approche, la mort va sonner. Tes héritiers loueront ton toit, morcelleront ta terre pour la vendre par lots, se partageront en riant ton argent. Amuse-toi, dissipe ton avoir, jouis de ton reste.

.·.

Certes, beaucoup, parmi le peu qui resterait, demanderaient à en finir avec la vie ; mais cette immortalité serait certainement plus recherchée que celle de l'Académie française.

Les feuilles publiques donneraient l'état de situation

« Classe de 1760.

» Il ne reste plus que trois individus faisant partie de la classe de 1760.

» Ce sont les sieurs Francisque du Roseau, ancien chevalier du guet, Thomas la Gaviolle, chaussetier, ci-devant rue de la Tournelle, présentement rue de Rivoli prolongée ; John Smith, oncle par alliance du célèbre Bolivar.

» Celui de ces trois messieurs qui voudrait le fauteuil de l'immortalité, est prié de commencer ses visites. »

Quand l'oncle de l'illustre Bolivar serait mort, la situation deviendrait intéressante entre les deux derniers restants.

Il est probable qu'il y en aurait un qui tuerait l'autre pour savoir à quoi s'en tenir.

Ce petit changement dans l'œuvre de Dieu, aurait sur les sociétés une influence immense.

D'abord on n'aurait plus besoin de se fatiguer en recherches sans nombre pour écrire l'histoire, on n'aurait qu'à consulter les immortels.

⁂

Les choses ne sont pas ainsi faites, celui qui a fai toutes choses, le Maître absolu, a respecté le grand principe de l'égalité.

⁂

Il y a à Paris trois mille hommes de lettres qui ne font rien.

On devrait en mettre mille à la porte de chacun des trois cimetières de Paris et leur ordonner de faire la biographie de tous les morts qui passent.

Cela ne serait pas gai, mais comme ce serait instructif !

On intitulerait cette œuvre gigantesque : *le livre de l'humanité.*

Dans vingt ans ça vaudrait toujours bien autant

d'argent que le *Dictionnaire de la Conversation*, je pense.

⁎⁎⁎

Il y aurait bien des longueurs et bien de la monotonie ; mais que de drames et que de grandes choses ignorées !

Il ne faut pas tant de lignes qu'on pourrait le croire pour peindre un homme. En voici la preuve :

L'un des héritiers du plus riche financier du monde meurt la semaine dernière, à l'âge de trente ans.

Quelques jours avant sa mort, il remet dix mille francs à un caissier.

— A quel compte faut-il passer cette somme ? demande l'employé.

— Au compte de la misère ; tâchez de trouver ce matin quelqu'un à sauver.

⁎⁎⁎

Ceux qui liront cette réponse ne connaîtront-ils pas bien l'homme dont je parle, et ne diront-ils pas comme disent les pauvres : « Les braves gens ne devraient pas mourir. »

VII

J'ai connu jadis, dans ma province, un pauvre diable de professeur nommé Dubreuil : il n'avait pour vivre que le prix des leçons d'histoire qu'il donnait tant bien que mal — plutôt mal que bien — à un tas de petits vauriens dont j'étais le plus bel ornement.

⁂

Le brave homme était un ancien et vaillant soldat de

l'Empire. Ses deux plus grands titres à nos yeux étaient d'avoir détrôné les rois et mangé du cheval.

Cette dernière particularité lui donnait cent coudées dans notre admiration, ce dont il avait fort besoin, car sa manière de professer n'était pas absolument irréprochable.

Ce n'était pas un ignorant, loin de là.

Comme le Camoëns, comme La Tour d'Auvergne, comme Alfred de Vigny, il avait étudié avec amour les classiques pendant les dangereux loisirs du bivouac.

Mais comme ces illustres il n'avait pas pendu son épée au clou pour cultiver les belles-lettres, c'était lui qui avait été pendu au clou pendant la Restauration, et le gouvernement de 1830 ne l'avait pas décroché.

N'ayant aucune fortune il s'était fait professeur.

Après avoir défendu sa patrie il l'instruisait. Tristes conditions !

Pendant les récréations nous nous groupions autour de lui.

— Capitaine (c'est ainsi que nous l'appelions), capitaine, racontez-nous vos campagnes ?

Alors, sans se faire prier, il nous narrait ses combats de géants qui ont placé pour la France mille ans de gloire sur la planche de l'histoire.

∴

Ses récits étaient si vrais, il mettait tant de feu dans ses gestes, tant d'animation dans sa voix, que nous prenions un plaisir extrême à l'entendre raconter.

Il fallait voir notre douleur quand « la gauche com-
» mençait à ployer, » ou quand « la droite était prise
» en flanc. » Il fallait entendre nos cris de joie quand Murat ou Kellermann arrivaient culbutant l'ennemi et décidant la victoire.

∴

En classe, c'était tout différent, le capitaine dispa-
raissait pour faire place au pédagogue. Le héros de-
venait un simple mortel ; nous ne l'écoutions plus.

Pourtant, certaines sorties violentes attiraient notre
attention. Jamais le capitaine ne pouvait parler d'un
héros de l'antiquité sans l'injurier un peu : jalousie de
métier, sans doute.

***

« L'antiquité, disait-il, a donné beaucoup trop d'importance à ses guerriers, qui, en réalité, n'auraient pas
tenu dix minutes devant Jean-Baptiste Bernadotte ou
Dominique-Joseph Vandamme.

» Périclès, qui donna son nom à son siècle, ne fut
qu'un héros douteux. Il encouragea les arts et les lettres ; son éloquence et ses largesses lui firent des partisans ; mais quand il voulut entreprendre la *campagne
du Péloponèse*, il se fit frotter les côtes à ce point que
les Athéniens le flanquèrent à l'amende comme un
simple bourgeois ; voilà ce que c'était que Périclès.

*
* *

» Miltiade, à propos duquel on a fait beaucoup d'embarras, était certainement un officier de mérite; mais ce n'était pas encore ce qu'on pourrait appeler la perle fine du Garde-Meuble. Lors de l'expédition de Scythie, il ne sut pas garder un pont que Darius lu avait confié, il n'eut pas l'esprit de faire jouer la mine et de le faire sauter, ça ne lui vint même pas à l'idée.

*
* *

» On a fait une affaire d'État de la bataille de Marathon. Marathon tant qu'on voudra, je n'y étais pas mais j'étais à Lutzen, à Bautzen et ailleurs, et je sais ce que c'est qu'une bataille.

» Eh bien, je prétends qu'il est impossible que Miltiade ait battu trois cent mille hommes avec douze mille.

» A moins cependant qu'il ne fût fortifié ou que les Perses ne fussent des clampins.

***

Un seul héros ancien excitait son admiration, c'était Jules César.

Jules César et Napoléon ; il ne sortait pas de là.

A force de les comparer, il avait fini par les confondre entre eux, ce qui était fort amusant.

***

— « Messieurs, nous disait-il, le plus grand des héros de l'antiquité est certainement Caius Julius César.

» Jules César naquit à Rome, près d'Ancône, d'une famille pauvre, mais noble. Quelques auteurs prétendent qu'il était le neveu du cardinal Fesch ; qu'est-ce que je dis donc là ? il était neveu de Marius.

***

» Banni de son pays par Paoli, alors allié des An-

glais, il se retira chez Nicomède, roi de Bithynie, où il
resta jusqu'au moment où M. de Pontécoulant l'attacha
aux bureaux de la guerre; on sait qu'il sortait de l'é-
cole d'Apollonius, où il était entré, grâce à la protection du comte de Marbeuf.

* *

» En quittant le roi Nicomède, Julius César s'était
rendu près de Minucius Thermus, préteur en Asie, qui
lui confia le commandement du siége de Mitylène.

» César, à peine âgé de vingt-quatre ans, possédait
déjà cette sûreté de jugement qui caractérise les grands
hommes. Avec son coup d'œil d'aigle, il comprit qu'il
n'y avait qu'une seule manière de s'emparer de Mitylène; il fallait prendre d'abord le petit Gibraltar.

» Le succès donna raison à son entreprise.

* *

» Revenant à Rome, précédé par la renommée, 1 y
devint l'idole du peuple.

» Envoyé en Espagne, il marcha de conquêtes en conquêtes. A la tête de soldats à peine vêtus, il força la victoire à suivre ses pas.

» A son retour, il fut envoyé dans les Gaules, où ses ennemis pensaient qu'il trouverait la mort.

» Mais la destinée en avait décidé autrement. Son armée fit des prodiges de valeur, s'empara d'Alexandrie, gagna la bataille des Pyramides, et acheva de soumettre la contrée.

» Pompée, jaloux des succès de César, le desservit près de l'Assemblée. Il décida les rogateurs à lui ôter le commandement qu'ils lui avaient confié.

» César, en apprenant ce traitement, qu'il considérait, à juste titre, comme une injustice révoltante, convaincu, d'ailleurs, que le gouvernement ne lui enverrait ni renforts ni argent, César, entouré de périls sans nombre, prit une énergique résolution.

» Instruit par un Grec de Céphalonie des dangers que courait la patrie, il s'embarque sur les frégates *la*

Muiron et *la Carrère*, passe le Rubicon, et il s'écrie :
Alea jacta est! après avoir confié son armée à Kléber.

*
* *

» Arrivant à Rome sans y être attendu, il devint le
chef d'un parti qui plaça sur lui toutes ses espérances.
Aidé de ses partisans, il s'empara du pouvoir aux der-
nières ides de brumaire, et se fit nommer consul pour
dix ans.

» Ne tardant pas à abandonner son collègue Bibulus-
Sieyès, il s'adjoignit Crassus et Cambacérès, formant
ainsi ce fameux triumvirat qui sut maintenir le pouvoir absolu.

*
* *

» Pompée et ses lieutenants, battus partout par César, succombèrent tout à fait à la bataille de Pharsale.

» Désormais affranchi de tout obstacle et au comble
de sa gloire, il se fit nommer dictateur à vie et fut
sacré par le pape.

⁂

» Au milieu de ses grandeurs, César n'oublia pas les affaires de l'Empire. Adulé par le Sénat et par le peuple, il terrassa facilement les séditions fomentées par les républicains et les partisans de Pompée, les mêmes qui, quelques années auparavant, avaient préparé contre lui la machine infernale.

⁂

» Après de vains efforts pour conserver la paix à ses peuples, César se vit dans l'obligation de lever une armée et de marcher contre Pharnace, roi du Bosphore Cimmérien, qui voulait susciter des troubles en Asie. En passant, il pardonna à Déjatarus, électeur de Saxe, changea son duché en royaume, et signa le décret de Moscou.

⁂

» De retour à Rome, il raconta ses victoires en trois

mots : « *Veni, vidi, vici!* » et comme on lui représen-
tait les dangers auxquels il était exposé, il répondit en
souriant :

— Le boulet qui doit m'atteindre n'est pas encore
fondu.

*
* *

» Après avoir annexé à l'Empire la Mauritanie, la
Numidie et les provinces Rhénanes, César employa les
loisirs de la paix à encourager les sciences et les arts.
Il réforma l'administration publique et ordonna la révi-
sion du Code civil.

» Grand magistrat, grand capitaine, César, au milieu de sa vie si prodigieusement active, trouva du
temps pour s'occuper des sciences positives, et Ptolé-
mée le cite comme le plus grand mathématicien de son
temps. Il fit réformer le calendrier, qui contenait une
légère erreur de soixante-sept jours. Pour ce travail, il

appela le célèbre astronome Sorigène, auquel il confia
la direction de l'Observatoire.

*
* *

» L'étoile de César devait pâlir : ses sénateurs, ses
lieutenants, qu'il avait gorgés de richesses et d'honneur, conspirèrent contre lui.

» Les républicains et les pompéiens se liguèrent
pour abattre ce colosse glorieux, que trente ans de
guerre avait épargné.

» Sa mort fut grande, comme avait été sa vie : il se
voila la face pour ne pas voir les poignards de ceux
qu'il avait traités comme ses fils.

*
* *

» Napoléon fut plus heureux que César. Il mourut
assassiné par ses ennemis, et n'eut pas la douleur de
voir des mains françaises tremper dans son sang.

*
* *

» La fatalité voulut que César mourût frappé par son fils. Quelques auteurs prétendent que Brutus connaissait les particularités de sa naissance; mais que le patriotisme l'emporta sur l'amour filial.

» Brutus fut donc doublement parricide.

» C'est égal, j'aimerais mieux m'appeler Brutus qu'Hudson Lowe.

*
* *

» La postérité sera de mon avis. »

*
* *

Ainsi professait le brave capitaine. Longtemps, bien longtemps j'ai ri des bizarres confusions de son enseignement. Aujourd'hui, je ne ris plus, je pense.

*
* *

Je pense que César pourrait bien avoir dormi deux mille ans et s'être réveillé Napoléon.

VIII

Il y a longtemps que les Anglais ne m'avaient rien fait de désagréable.

A dire vrai, cela m'ennuyait beaucoup.

Comme je tiens extrêmement à rester brouillé avec eux, il m'eût été pénible d'avoir à dire comme les optimistes ou les garçons d'écurie : « Les Anglais ont du bon. »

Il est des gens avec qui on n'aimerait pas à faire la paix.

*
* *

Les fils d'Albion se tenaient tranquilles. Ils avaient bien fait une sortie à propos de *Fille-de-l'Air*, mais je n'y avais pas trop pris garde, parce qu'après tout si *Fille-de-l'Air* s'était un peu respectée, elle ne serait pas allée courir avec des chevaux anglais.

*
* *

Mais voilà qu'un certain M. Bass, membre des Communes et brasseur, je crois, s'amuse à commettre une vilaine et indigne action pour se rendre populaire. — Dieu le bénisse !

Cet honorable gentleman présente à la Chambre un bill tendant à supprimer les joueurs d'orgues de Barbarie, dans la ville de Londres.

O grand et sublime peuple anglais, amant de toutes les libertés, je te reconnais bien là !

O John Bull, démocrate ! n'en feras-tu jamais d'autres ?

10.

Deux fois le bill Bass a été pris en considération?

.·.

La Chambre des Communes s'est passionnée ; les uns sont pour les orgues, les autres contre.

Voilà encore des députés qui s'occupent de choses bien sérieuses !

.·.

Ce brasseur Bass est un homme pyramidal et plein d'humour. Voici à peu près ce qu'il a dit à ses collègues pour les ranger à son opinion :

« — Figurez-vous, honorables messieurs, que l'autre jour, il est venu un joueur d'orgues devant ma porte ; il était huit heures et demie du matin.

» A neuf heures, il en est venu un autre.

» Comme cela commençait à me fatiguer véritablement, j'ai envoyé mon domestique prier ce joueur d'orgues de se taire. Vous croyez que ce musicien primitif a obtempéré? vous ne connaissez guère les joueurs d'orgues.

» Ne voulant pas lui laisser la dernière note, je m'adressai à un policeman qui, sans doute, aimait la musique, et qui répondit que ça ne le regardait pas.

» Je m'adressai au constable, qui me dit que ses pouvoirs ne lui donnaient aucun droit sur la musique des rues. C'est donc à vous que je m'adresse pour protéger mon repos. »

⁂

S. R. Peel, — un grand nom cependant! — a appuyé l'orateur.

M. Hankey a prononcé quelques paroles sensées en faveur des orgues, mais il a été moins écouté.

⁂

Si j'avais le malheur d'être Anglais et l'honneur d'être membre des Communes, voici ce que j'aurais répondu à M. Bass :

Très-honorable Monsieur,

Les joueurs d'orgues sont des Savoyards fort dés-agréables.

Il est certain que la plupart du temps leurs instru-ments sont faux et discordants.

Il est incontestable qu'ils n'ont point le sentiment de la mesure.

Le plus grand nombre d'entre eux joue lentement et d'une façon lamentable le spirituel et gracieux air du *Pied qui r'mue*, de M. Wekerlin.

C'est même à ce parti pris de dénat rer sa sublime musique que cet illustre compositeur a dû d'échouer aux élections de la Société des auteurs et composi-teurs; ce qui est bien malheureux, bien malheureux!

⁂

D'un autre côté, ces horribles musiciens, lorsqu'ils exécutent le grand air de *Lucie* ou le *Miserere* du

Trovatore, tournent leur manivelle avec tant de vélo-
cité que, s'ils ne vous déchiraient les oreilles, on pourrait croire que leur mission sur terre est de moudre
du café.

*   *
*

Ces insidieux vagabonds, je le reconnais avec vous,
arrivent toujours dans de fort mauvais moments.

Parfois, leurs fausses notes viennent accompagner
les pleurs d'une famille en deuil.

Si votre maîtresse ou votre femme vous fait une
scène, l'orgue joue :

O jour heureux ! jour d'allégresse !

S'il pleut, un dimanche, ce qui vous ennuie, parce
que vous vouliez aller à Bougival pêcher à la ligne,
l'orgue vous crie :

Amis, la matinée est belle,
Sur le rivage assemblez-vous.

Quand vous avez tiré le numéro 7 à la conscription, l'orgue a joué :

Ah! quel plaisir d'être soldat!

Toutes ces petites railleries du hasard sont très-désagréables, j'en conviens.

.•.

Mais, honorable monsieur, faites-moi donc le plaisir de me citer une corporation plus agréable que celle des joueurs d'orgues.

Tout est ennuyeux dans la vie ; mais il faut en prendre son parti.

.•.

Serait-il juste de supprimer les cordonniers qui font toujours des chaussures trop étroites,

Les chapeliers qui font des chapeaux trop larges,

Les omnibus qui éclaboussent les gens,

Les cochers qui les versent,

Les maçons qui salissent les passants,

Les décrotteurs qui veulent les nettoyer,

Les tailleurs qui font des comptes de pharmacien,

Les apothicaires qui vendent plus cher que les tailleurs,

Les médecins qu'on ne voit que lorsqu'on est malade,

Les croquemorts qu'on ne rencontre que lorsqu'on se porte bien.

Les avocats qui vous étourdissent,

Les comédiens qu'on n'entend pas?

Serait-il juste encore de supprimer les restaurateurs qui nous empoisonnent,

Les barbiers qui nous coupent,

Les fâcheux qui nous rasent,

Les journalistes qui nous endorment,

Les voisins qui nous empêchent de dormir?

Croyez-vous que les brasseurs eux-mêmes ne devraient pas être supprimés?

N'est-ce point à eux qu'on doit ces bouges enfumés

où l'odeur du tabac se marie si galamment à l'arome
du houblon ?

N'est-ce pas la bière qui fait les brasseries où vont
s'abrutir des gens qui, sans votre insidieuse boisson,
seraient peut-être des hommes utiles ?

La musique fait moins de mal à un peuple que les
tavernes.

*
* *

Et dites-moi, honorable monsieur, et les huissiers !
qu'en pensez-vous ?

Croyez-vous qu'ils ne soient pas désagréables aussi,
ceux-là ?

Que pensez-vous encore des musiciens en habit noir
qui encombrent les salons ?

J'en passe et des mauvais.

*
* *

Cordonniers, chapeliers, cochers, décrotteurs, tailleurs, médecins, croquemorts, avocats, comédiens,

restaurateurs, barbiers, raseurs, journalistes, voisins, brasseurs, musiciens de salons, portiers, huissiers, etc., etc., on pourrait supprimer tout cela, la terre ne cesserait pas de tourner.

***

S'il n'y avait pas de chapeliers, on porterait des casquettes, ce qui serait bien plus commode.

Les peuples de la Patagonie ne connaissent pas les tailleurs; ils n'en sont pas plus maigres. La preuve, c'est qu'ils se font des paletots avec leur ventre, qu'ils jettent négligemment sur leurs épaules.

***

S'il n'y avait pas de cochers, on marcherait à pied, ce serait l'excuse des décrotteurs.

S'il n'y avait pas de pharmaciens, les médecins se-raient inutiles, et les croquemorts n'auraient plus grand'chose à faire.

11

*
* *

S'il n'y avait pas d'avocats, il n'y aurait pas de procès.

S'il n'y avait pas de restaurateurs, on mangerait chez soi.

S'il n'y avait pas de brasseurs, on boirait du vin ; le beau malheur !

*
* *

En France, après la révolution de Février, on parla assez sérieusement de supprimer les propriétaires. Heureusement l'idée n'eut pas de suite ; et cependant c'était une idée.

*
* *

Avez-vous pensé quelquefois, honorable monsieur, que depuis plus de huit siècles l'Angleterre, que vous appelez la vieille, on ne sait pas pourquoi, possède des musiciens ambulants?

*
* *

Avez-vous songé que d'Allan Mac-Aulay au dernier Mozzannino traînant son orgue dans la cité, bien des millions de gens, aussi délicatement doués que vous pouvez l'être, ont dû, parfois, être incommodés par ces virtuoses de la rue?

*
* *

Ne vous êtes-vous pas dit que si des milliards d'o-reilles avaient été écorchées, il devait y avoir une raison à cela?

Avez-vous eu un seul instant la folle prétention de supposer que l'idée de supprimer les joueurs d'orgues vous était personnelle? Vous auriez, en ce cas, une bien mauvaise opinion de vos compatriotes.

.•.

Il ne faut pas avoir inventé le fil à couper le beurre
pour venir dire à une tribune :

« — Messieurs,

» Il y a, à Londres, sept ou huit cents Lucquois et
autant de Savoyards, qui produisent dans la ville des
sons désagréables; il est un moyen bien simple de ne
plus les entendre, supprimons-les. »

.•.

C'est simple comme une traduction de *Faust*.

.•.

Qu'est-ce que cela fait, je vous le demande, que
vingt mille pauvres diables quittent chaque année une
terre ingrate pour aller vers des rives plus fortunées
demander le pain quotidien sous le prétexte insidieux
qu'après tout ils sont des hommes ?

.*.
.*.

Que vingt mille hommes mangent ou ne mangent
point, voilà-t-il pas de quoi s'inquiéter beaucoup !

Du moment où ces vingt mille créatures gênent
M. Bass, il est bien naturel qu'on les efface à jamais
du livre de l'humanité.

.
.

Mais ne savez-vous pas que ces braves organistes de
Barbarie sont de bonne foi ?

Mais ils sont convaincus que leur manivelle est
sublime !

Vous n'avez donc jamais regardé leur sourire doux
et triste lorsqu'ils tendent leur casquette. Ce sourire
est tout un poëme ·

— Je viens de charmer vos oreilles, un petit sou, s'il
vous plaît?

— J'ai traversé les ondes bleues de la Méditerranée

pour populariser le génie des maîtres de ma nation, un petit sou, s'il vous plaît ?

— Vos musiciens s'inspirent en mangeant du rosbif; les nôtres sont les élèves de la brise embaumée qui chante dans les bois d'oranger, un petit sou, s'il vous plaît ?

— Sans moi, voyageur aux pieds nus, tous les pauvres, vos frères, qui triment et pleurent sur les bords de la Tamise, n'auraient jamais entendu :

La valse de *Guillaume Tell*;

La cavatine de *Tancrède*;

L'air de *Norma*;

La *Romance du Saule*;

Le duo de la *Favorite*;

Le *Miserere* du *Trovatore*;

Un petit sou, s'il vous plaît ?

* *

Voilà ce que dit le sourire de cet homme, qui remet en souriant sa casquette, même quand le sou ne vient pas.

*
* *

D'ailleurs, honorable monsieur, raisonnons : supposons deux mille joueurs d'orgue ou de serinette pour
toute la *vieille* Angleterre.

Admettons que pour vivre, boire, manger et dormir,
ils dépensent chacun quarante sous par jour, cela fait
quatre mille francs, n'est-ce pas ?

Ces quatre mille francs représentent l'aumône de
quatre-vingt mille Anglais à un sou la pièce.

*
* *

Or, si tous les jours quatre-vingt mille personnes
s'amusent à entendre de la musique et à payer les
musiciens, vous êtes dans votre tort en demandant la
suppression d'artistes qui réjouissent vingt-neuf millions quatre cent mille de vos concitoyens, soit : cinquante-huit millions quatre cent mille oreilles an-
glaises.

En admettant toutefois que chaque Anglais possède deux oreilles, ce qui n'a jamais été bien prouvé.

En France, on n'aime pas les joueurs d'orgües depuis que deux d'entre eux exécutaient l'air :

Écoutez-moi, douce Sylvie !

pendant qu'on égorgeait M. Fualdès.

La culpabilité de ces deux hommes ne fut jamais bien établie, je crois : cependant, toutes les fois que dans une petite ville on entend, la nuit, les orgues de Barbarie, un frisson court dans tous les esprits, et le vieux qui est le plus près du feu, s'écrie :

— Ça me rappelle l'affaire Fualdès.

Pourtant, jamais l'idée n'est venue à personne de supprimer ces musiciens. Si l'on commettait une aussi grande injustice, la barbarie ne serait pas du côté des orgues.

A la première lecture de votre bill, on s'est mis à rire,

A la seconde, on a levé les épaules,

A la troisième, on vous dira :

— Au-dessus de vous, M. Bass, au-dessus de la Chambre des Communes, au-dessus de la Chambre des Lords, au-dessus même de votre gracieuse souveraine, il est deux choses respectables

Où nul ne doit jeter un regard insolent !

Ces deux choses sont : le droit des gens et la liberté (1).

La vieille Angleterre, dites-vous à tout propos, est le pays de toutes les libertés : c'est trop. N'en ayez qu'une, mais que ce soit la bonne !

(1) Hélas on a dit le contraire.

IX

Paris se compose :
De gens riches,
De gens aisés,
De gens ruinés,
De gens pauvres.

*
* *

Les gens riches sont ceux qui peuvent se passer
toutes leurs fantaisies;

Les gens aisés sont ceux qui n'ont jamais eu et n'auront jamais de fantaisies;

Les gens ruinés sont ceux qui ont eu l'esprit de se passer toutes leurs fantaisies;

Les gens pauvres sont ceux qui ont des fantaisies en portefeuille et qui ne peuvent pas les escompter.

.•.

Après les gens pauvres, il y a bien les pauvres gens. Ceux-là sont bien malheureux. Ils connaissent tous les désirs, toutes les envies et souvent toutes les haines.

Ils n'ont qu'une fantaisie, c'est de manger chaque jour autant que possible.

Les philosophes appellent cette fantaisie-là un besoin; les banquiers disent que ce n'est qu'un caprice.

.•.

Parmi ces quatre sectes reconnues par l'État, il existe un schisme, une petite Église qui échappe à la surveillance sociale.

Les dissidents qui la composent sont riches, pauvres, ruinés et aisés tout à la fois.

On les appelle les *impénétrables*.

*

Les *impénétrables* n'ont rien de commun avec ces lions à la tire, qui brillent six mois sur le pavé parisien et disparaissent un beau matin sans que personne s'en inquiète et se demande si la politique est étrangère à l'affaire.

*

Les *impénétrables* sont en bonne posture dans le monde.

On les salue avec empressement, et beaucoup de gens bien situés recherchent leur amitié.

Leur crédit dans le monde est très-hypothétique.

En revanche, l'autre crédit, celui du tailleur, est établi sur une confiance que rien ne saurait ébranler.

Les *impénétrables* n'ont pas de banquier.

Ils ne possèdent ni un pouce de terre au soleil, ni un mètre de moellons sur le pavé.

Alfred de Caston, qui est l'amant de cœur de la mnémonique, ne saurait préciser une date se rapportant à leur entrée en possession de patrimoine.

*
**

Les *impénétrables* n'ont pas de dettes.

En revanche ils ont beaucoup de charges.

Nul homme au monde ne peut se vanter de leur avoir vu en main une valeur mobilière.

Ils changent rarement un billet de mille francs, mais ils ont toujours cinquante louis en poche.

*
**

Voici le type d'une variété assez commune à Paris :

M. Henriquez Biroto y Saramufla est un gentilhomme des tropiques. Ses ancêtres vinrent d'Espagne ou de Portugal. Il tient aux Bragance par la fierté, et aux *Bienavides* par sa mère, qui mourut en lui donnant le jour, punition juste et méritée.

Comme tout ce qui touche à son impénétrable personne, l'âge de don Henriquez est incertain.

Brun, petit, sec et jaune, il est plutôt laid que beau. Cependant il possède une roideur dans les membres qui lui donne aux yeux des bourgeois un petit air de distinction.

.*.

Près des gens du monde, don Henriquez est poli comme un Russe. Près des petites gens, il est grossier comme un rustre.

.*.

Il prétend que ses terres, cultivées par de nombreux esclaves, ses habitations, gardées par de nombreux serviteurs, sont situées à douze lieues de Rio-Blagua. Il se coupe quelquefois et dit : Blagua-Rio au lieu de

Rio-Blagua. Cette nuance ne déroute point les gens instruits.

.·.

Henriquez Biroto possède, rue du Helder, un appartement qu'il loue six mille francs; c'est pour rien : il y a écurie et remise.

La remise contient un coupé, un phaéton, une victoria et un fourgon.

Le coupé pour quand il pleut,

Le phaéton quand il ne pleut pas,

La victoria dans le cas où il pleuvrait,

Le fourgon pour rien.

.·.

Le fourgon mérite une mention particulière.

Tous les gens qui font du chic ont un fourgon.

On a beau se creuser la tête, il est impossible de deviner pourquoi.

Les grandes maisons ont un fourgon, cela se conçoit.

Les seigneurs du faubourg Saint-Germain, les financiers de la Chaussée-d'Antin sont tous propriétaires de villas ou de châteaux aux environs de Paris. Leurs fourgons servent à transporter les fourrages de la campagne à la ville.

La plupart du temps il y a cinq ou six voitures à l'écurie ; les fourgons sont employés pour transporter les roues cassées, les harnais et surtout pour promener les chevaux qui ne doivent pas être attelés dans la journée.

Mais le monsieur qui fait du chic n'a que trois chevaux, un attelage et un cheval de selle. Que fait-il du fourgon ? Rien ; et cependant il achète le fourgon avant toute chose.

Don Henriquez possède quatre chevaux, un attelage et deux chevaux de selle, parce qu'il est bien trop gen-

tilhomme pour faire monter à son groom un des
chevaux de son équipage.

Chaque matin son cocher a ordre d'atteler le fourgon
et d'aller au pas jusqu'à l'arc de triomphe.

Quand le fruitier, l'épicier, le boulanger et le charbonnier voient sortir don Henriquez en voiture, ils
disent simplement :

— Voilà un bourgeois qui va se promener.

Mais lorsqu'ils voient sortir le fourgon, illustré de
deux ou trois drôles, amis intimes du cocher, ils s'é-
crient avec un soupir d'admiration ou d'autre chose :

— Faut-il qu'il soit riche, ce particulier-là, pour
faire promener tous les matins ses domestiques en
voiture !

C'est sans doute pour faire pousser cette exclamation
aux gens du quartier que les riches en général, et don
Henriquez en particulier, possèdent un fourgon.

.·.

Il ne peut y avoir que cette raison, puisque le grai-
netier apporte les fourrages dans des voitures à lui.

*
* *

Outre son écurie, qui lui a coûté trente-six mille
francs parce qu'il sait acheter, et qui lui coûte douze
mille francs par an parce qu'il est économe et qu'il
sait bien compter, M. Henriquez Biroto entretient
quatre domestiques.

Sa table est excellente.

Sa cave est exquise.

Tout cela lui revient, toujours grâce à son entente
de la vie, à la bagatelle de vingt mille francs.

Son tailleur, son argent de poche, son bottier, son
gantier, son chemisier, son chapelier ne lui coûtent
pas davantage, parce que Henriquez ne fait pas de
folies et que son oncle le commandeur lui envoie ses
cigares de Rio-Blagua même.

.
. .

Comme don Henriquez Biroto y Saramufla est heureux, ainsi qu'il convient à un homme qui dépense

soixante mille francs par an, il est rare qu'il se passe bien longtemps avant que les plus auvais bruits du monde ne circulent sur son compte.

— D'où vient-il?

— On vous l'a dit cent fois; il est de Rio-Blagua.

— Où est-ce, cela?

— Mais je n'en sais rien, moi, mon cher, adressez-vous à Malte-Brun.

— Je ne le connais pas.

*
* *

— Vous savez, mon cher, que j'ai soupé hier avec des Blagualiens très-riches?

— Eh bien?

— Eh bien, ils ne connaissent pas du tout votre M. Biroto.

— Et après?

— C'est tout.

— Que voulez-vous prouver?

— Rien.

— Alors!

— Mon cher, après tout, je ne répète que ce qu'on dit.

— Que dit-on?

— Mais on prétend que Biroto n'est qu'un intrigant.

— Mon cher, c'est bête, ce que vous dites là. Quelle raison don Henriquez aurait-il d'être un intrigant?

— Ma foi, je n'en sais rien.

— Alors ne vous faites pas bénévolement l'écho de bruits stupides.

— Je rapporte ce qu'on dit, voilà tout.

— C'est absurde; M. Biroto est un parfait gentilhomme, j'ai vu chez Fauh des tentures qu'il a commandées. Ses armes sont tissées dans l'étoffe. Il porte :

Écartelé, au premier et troisième d'argent à la croix potencée d'azur, qui prouve une famille chrétienne, ayant combattu pour la religion. *Au chef d'or surchargé de trois quinte feuilles* qui, évidemment, concédées plus tard, indiquent les fondateurs d'une colonie. *Au deuxième et au quatrième de gueules, à la fasce d'argent surchargée de trois coquilles de sinople,* qui marquent certainement un pèlerinage ou une croisade; et en *cœur, brochant sur le tout de sable au chevron d'or accompagné de trois tourteaux de même.*

Remarquez que je dis tourteaux et non pas besants ; savez-vous ce que c'est que des tourteaux ?

— Pas du tout.

— Ah ! voilà ! on parle toujours sans savoir. Les tourteaux, qu'on confond à tort avec les besants, étaient des morceaux de cuir coupés en forme de rond que le commandant d'une ville assiégée donnait pour payer les vivres et les armes qu'on lui apportait du dehors. Le siége levé, le roi envoyait des finances ou on levait une contribution sur les habitants, et le général remboursait ses tourteaux, comme aujourd'hui on rembourse une lettre de change; c'était le crédit chevalier.

— Mon Dieu ! je ne vous dis pas...

— Tenez, une dernière preuve : M. Biroto a pour timbre *un casque grillé en cinq, cimé d'une tête de lion au naturel, armé et lampassé de gueules, et pour supports deux gorilles ou troglodytes de sinople.*

— Ces choses-là ne s'inventent pas, voyez-vous, il faudrait être stupide pour aller fourrer dans ses armes

des singes verts, si l'on n'y était pas forcé par une an-
cienneté honorable.

⁂

Le jour où un premier monsieur a jeté un doute dans
l'esprit de tous, il se forme deux camps :

L'un pour Henriquez, l'autre contre ; de là des dis-
cussions sans fin.

— Vous avez beau dire, la vie de M. de Biroto est
très-obscure.

— Ne voudriez-vous pas qu'il mît deux lanternes à
son existence?

— D'abord, vous savez que M. de Villecresne, qui
a beaucoup navigué, prétend qu'il n'y a pas de contrée
qui s'appelle Rio-Blagua.

— Allons donc ! La Carrière a soupé samedi avec
des Blagualiens.

— En admettant que cela soit, rien ne prouve que
Biroto ait cent mille francs de rente.

— Il n'a aucune lettre de crédit.

— Il avait peut-être apporté de l'argent.

— Depuis dix ans, il a eu le temps de le dépenser.
D'ailleurs, on n'apporte pas un million dans sa poche !

— Moi, je suis de cet avis-là.

— Pardon, messieurs ; voulez-vous me permettre de dire ce que la Louve, qui sait le secret de tout le monde, raconte sur M. de Saramufla ?

— Dites ! parlez !

— Eh bien, d'après elle, il paraîtrait qu'en 1848 M. de Saramufla aurait été chargé par la république blagualienne de porter des présents magnifiques au gouvernement provisoire. Entre rép bliques on a des procédés. Quand il arriva, le gouvernement provisoire avait disparu, et, toujours d'après la Louve, M. de Saramufla se serait fait à lui-même présent des présents.

— Tiens ! ce n'est pas bête ça.

— Ce serait peu délicat.

— Depuis, comme vous pensez, il n'a fait aucun effort pour revoir sa patrie.

— Mais puisqu'on vous dit que la république blagualienne n'a jamais existé.

— En ce cas, M. de Saramufla serait très-fort.

.·.

De même qu'un homme a toujours des ennemis, il a toujours des défenseurs.

Un au moins :

Au milieu de la tempête, la voix du défenseur s'élève :

— Pardon, messieurs. Tous, tant que nous sommes, nous connaissons M. Biroto de Saramufla depuis long-temps, n'est-ce pas ?

— Sans doute.

— Quel est celui d'entre vous qui a un reproche à lui faire ?

— Pas moi.

— Ni moi.

— Il joue gros jeu, il perd toujours.

— C'est vrai.

— Donc il ne vit pas du jeu.

— Oh ! non.

— Nina Bradi lui coûte trente mille francs par an.

— Au moins.

— Il ne vit donc pas des femmes ?

— Quelle bêtise !

— Si la république blagualienne n'existe pas, M. de Saramufla n'est pas un agent secret.

— Ça, c'est judicieusement pensé.

— La police française ne donne pas cent mille francs par an à un de ses agents, M. de Saramufla n'est donc pas un mouchard ?

— C'est assez probable.

— M. de Saramufla est-il soudoyé par l'Angleterre ou par la Russie ? Cela nous serait bien égal.

— Oh ! parfaitement.

— A-t-il des dettes ?

— Aucune.

— Supposons qu'il soit tout simplement un voleur ?

— Vous allez trop loin.

— Non, je suis son ami ; je tiens à en finir avec toutes ces absurdités-là. Je le répète : est-il un simple voleur ravageant Paris et la banlieue ? Il déjeune chez Bignon, il va au Bois, rentre dîner, va au théâtre ou dans le monde ; il passe la nuit au Cercle, à quelle heure travaille-t-il ?

*
* *

Alors tout le monde se dit :

— Au fait, voici un homme bien élevé, de relations agréables; il vit bien, ne fait de tort à personne, il est reçu dans des maisons convenables; pourquoi diable serais-je plus royaliste que le roi et irais-je
me mettre en peine de savoir où il tire l'argent qu'il
jette par la fenêtre?

*
* *

Pour peu que don Henriquez Biroto y Saramulla
tire proprement l'épée et le pistolet, personne ne
songe plus à le pénétrer. Il n'y a que vous qui allez
vous écrier :

— Mais sapristi, comment fait-il ?

— Je l'ignore; si je le savais, je serais millionnaire.

X

Le premier juillet 1864 a été un grand jour pour la France.

Un gouvernement fort, libéral et chercheur du bien public, a décrété une liberté nouvelle : la liberté des théâtres.

*

Quel mot sublime, éblouissant, que ce mot *liberté!*

Il a des rayonnements qui portent à l'orgueil, comme le vin porte à la gaîté.

C'est véritablement un mot très-grand parce qu'il renferme tous les autres. L'homme libre est un roi tout-puissant, il retrouve toute la sublimité de son essence ; l'homme libre peut seul dire :

— Dieu m'a créé à son image !

A l'heure qu'il est, l'habile directeur des *Folies-Dramatiques* peut à son gré jouer du Molière ou du Paul Avenel.

Il peut toucher à tout ; il pourrait, s'il voulait, faire dire le même soir le *Misanthrope* et les *Calicots*, la romance du *Saule* et celle du *Pied qui r'mue*. Il est libre !

Avant-hier, tout le monde, vous, moi et lui, tout le monde avait le droit de vendre de l'argent, du cirage, du drap, des bottes, des rubans, des planches, des pierres, des maisons, de l'orfévrerie, de l'amour, de l'absinthe, du vitriol, de la digitaline, de la poudre, des balles, des fusils, des épées, des poignards et bien d'autres misérables choses ; trois industries étaient seules l'objet d'un privilége. Nul ne pouvait vendre à son gré, sans un rescrit, le pain, la viande et l'esprit, c'est-à-dire les trois choses les plus nécessaires à l'homme.

*
* *

Quand on demandait à l'autorité publique les motifs de cette exception au droit naturel, l'autorité répondait :

— Mon devoir est de veiller à la sûreté générale. Il m'importe de surveiller les boulangers afin qu'ils vendent à un prix unique et raisonnable du pain de bonne qualité.

*
* *

Il n'y avait rien à dire à cela. L'autorité poursuivait

s

Il m'importe aussi de veiller sur les théâtres et sur les bouchers; les uns servent des pièces corrompues, les autres des pièces corruptrices. Je suis responsable des estomacs et de la morale.

A son grand honneur, la France professe un profond respect pour l'autorité, qui, du reste, en est toujours digne.

Malgré ces exclusions, qui blessaient fort certaines personnes, tout le monde se taisait.

⁂

Parfois, cependant, Aristide Dubief disait tout bas:
— Ah ça! mais, ah ça! mais, voyons donc! Puisque je paye bien mes contributions, puisque je monte bien ma garde, pourquoi n'aurais-je pas le droit, tout aussi bien qu'un autre, de vendre du veau?

⁂

Cette prétention n'avait rien d'excessif certainement. Si tous les Français sont égaux devant la loi, ils doivent l'être bien davantage devant le veau. C'est simple, clair et logique.

Eh bien, cet argument ne frappait personne, au contraire; dans le quartier on disait:

— Ce Dubief est un homme étonnant et dangereux, si l'on voulait l'écouter, il faudrait le nommer boucher.

.·.

Léon Dubief, le jeune, frère du précédent, qui a autant d'esprit qu'Aristide a de logique, s'exprimait ainsi:

— Quoi! j'ai fait trente-trois pièces de théâtre, toutes plus remarquables les unes que les autres; j'ai frappé à la porte de tous les théâtres, et partout on m'a fait la même réponse:

— Merci bien, nous n'avons besoin de rien pour le moment; d'ailleurs, nous avons nos fournisseurs.

.·.

— Je ne me suis pas tenu pour battu; j'ai harcelé

MM. les directeurs; j'ai voulu en avoir le cœur net entre quatre-z-yeux. Voilà ce qu'ils m'ont dit :

— Mon Dieu, vos pièces ne sont pas mal, c'est bien écrit ; mais, enfin, ce n'est pas plus fort qu'Augier ou Feuillet, que d'Ennery ou Victor Séjour, que Dumas fils ou Sardou, que Barrière ou Lambert Thiboust, que Labiche et Martin, que Delacour et Thiéry. Pourquoi diable voulez-vous que nous changions nos habitudes ?

— Mais pour que le soleil luise pour tous.

— Dame ! mon cher monsieur, c'est son affaire.

— Mais, cependant...

— Monsieur, dans les théâtres, on n'aime pas le soleil. Si vous voulez lui imposer des conditions, vous êtes bien libre.

***

Alors, comme son frère, le jeune Dubief s'écriait :

— Quoi ! je paye mes contributions, je monte ma garde, et je n'ai pas le droit de faire jouer mes pièces. Si tous les Français sont égaux devant la loi, pourquoi M. de Beaufort est-il directeur et ne le suis-je pas ?

Le quartier faisait ses réflexions pour le jeune comme pour l'aîné.

— Quelle famille ! s'écriait-il ; les Dubief deviennent fous, parole d'honneur ! Il y en a un qui voudrait être boucher ; l'autre voudrait faire voir la comédie à Charenton !

.*.

Et voilà que tout à coup l'autorité se ravise. Le propre des gouvernements bien conduits est d'être à la tête du progrès. L'autorité se ravise, donne tort au quartier et raison aux Dubief.

L'autorité pense que le mieux n'est pas l'ennemi du bien ; elle croit avec raison que la liberté et la concurrence tiennent le mieux dans leur poche.

Un matin, elle proclame la liberté de la boucherie ; les côtelettes sont la proie des vendeurs, et, comme le bocage, le porc frais reste sans mystère.

.*.

Il n'y eut pas grand chose de changé ; quelques bouchers de plus, et voilà tout.

Quelques braves gens qui savaient le métier, mais qui n'auraient jamais eu assez d'argent pour acheter une maîtrise, ont ouvert boutique. Comme on ne peut pas faire de concurrence sans avoir plus d'argent que ceux qu'on veut vaincre, il en est résulté que les braves gens en question se sont ruinés ; mais plus heureux que des quincaillers, ils ont pu manger leur fonds.

.*.

D'autres braves gens, qui ne connaissaient pas le métier, mais qui avaient de l'argent, rêvaient la boucherie comme d'autres rêvent la croix. L'âme humaine est pleine d'ambitions.

Le jour de la liberté arrivé, ils se sont établis bouchers en versant des larmes de joie, et leur attendrissement est devenu superbe lorsqu'ils ont pu contempler les pièces sanglantes qui ornaient les grilles de leurs devantures, qui sont le pilori des gigots.

*
*

Mais, pour faire un métier il faut le connaître. Ces ambitieux, qui n'avaient aucun avantage sur les bouchers établis, que celui d'ignorer les ficelles du métier, ont généralement peu réussi. Ils ont vendu leur fonds à perte ou sans bénéfice ; d'ailleurs on sait avec quelle rapidité on se dégoûte de tout.

*
* *

A vrai dire, les seuls qui aient profité jusqu'à présent de la liberté de la boucherie, ce sont MM. les tripiers. Cela se comprend, ces bons industriels avaient une boutique tout achalandée et installée *ad hoc.*

Un matin ils ont, modestement et sans bruit, attaché à leurs crochets un veau et un agneau. L'agneau est devenu un mouton ; le veau est devenu un bœuf. Il n'a fallu aux tripiers, pour obtenir ce magnifique résultat, ni intelligence, ni travail ; c'était une question de patience ; il s'agissait d'attendre.

*
* *

Pourquoi n'aurait-on pas fait pour la littérature dramatique ce qu'on faisait pour la viande? C'eût été de
la partialité.

Enfin, l'heure de la délivrance a sonné : voilà les
Français, ainsi que le vieux Job, debout dans leur
montagne et dans leur liberté; il n'est plus un citoyen
qui n'ait le droit d'avoir un théâtre, depuis Guignol
jusqu'à M. Dinochau, inclusivement.

*
* *

Je suis trop *flâneur* pour ne pas aimer passionné-
ment la liberté; aussi ai-je applaudi avec transport
l'apparition du nouveau décret, et ai-je battu des mains
en voyant s'écrouler avec fracas les derniers priviléges.

Je crois que la littérature et l'art dramatique ont
tout à gagner au nouvel ordre de choses établi sous
l'influence d'une pensée auguste.

.·.

Tout d'abord on va voir arriver des myriades d'auteurs nouveaux que les privilégiés tenaient éloignés avec une persévérance inouïe.

Le temps d'Augier, Labiche, Barrière, Dumas, Feuillet, Sardou et autres est fini. Le règne d'Arthur Emmanuel et de William Busnach va commencer, et le trône de Chivot et Duru va reluire d'un éclat nouveau.

.·.

L'étoile de Montigny pâlit au boulevard Bonne-Nouvelle; l'astre de M. Moniot se lève sur le chemin de la Villette.

Déjà, à l'heure où nous parlons, le petit Poquelin a une vingtaine de pièces reçues dans tous les nouveaux théâtres. La Porte Saint-Martin, marchant dans la voie du progrès, n'a pas hésité à monter son *Tartuffe*. Ce sera un éternel honneur pour la Compagnie nantaise.

13

Les enfants passent une année à pleurer pour qu'on leur donne un polichinelle. Le jour où leurs parents leur passent cette fantaisie, il est bien rare que les bébés ne crèvent pas, à coups de couteau, la bosse de l'ennemi du commissaire.

Les enfants, qui sont les êtres logiques par excellence, veulent savoir ce qu'il y a au fond de toute chose.

Il y a du son.

Les hommes sont comme les enfants, il faut de temps en temps leur donner quelques joujoux : un droit ou une liberté. Aussitôt qu'ils possèdent la chose tant souhaitée, ils ne savent plus qu'en faire. Volontiers, comme les bébés, ils crèveraient le ventre de leurs libertés, s'ils n'avaient peur d'y trouver le son que les enfants y cherchent.

.*.

Les gouvernements savent bien cela. Aussi est-ce avec une grande prudence qu'ils accordent les libertés. Il est nécessaire qu'un peuple passe par mille transitions pour apprendre à être libre. Il faut qu'un peuple soit fort parmi les plus forts pour savoir digérer une liberté.

La liberté, c'est comme le poisson, ça échauffe et ça étrangle !

.*.

Petit à petit la prévoyance et las ollicitude de l'autorité finissent par la désosser.

Pour arriver plus facilement à ce but utile, elle sert la liberté à petite dose.

Voici quant à présent le privilége disparu, c'est quelque chose.

Maintenant, qu'on ne s'y trompe pas. Quand un grand nombre de citoyens auront sacrifié leur temps

et leur fortune à construire des théâtres, ils diront à
l'autorité :

— Nous sommes de simples marchands, vendant
tant bien que mal du rire et des larmes, des pensées
et de l'esprit au public. Nous vendons tout cela parce
que c'est notre droit, nous ne sommes plus des industriels privilégiés. Pourquoi nous forcez-vous à donner
chacun cent mille francs par an aux pauvres? Les
pauvres sont intéressants, sans doute, mais ils le seront
moins si nous nous ruinons pour eux. Comme nous
sommes philanthropes et pleins de respect pour l'usage,
nous voulons bien donner le dixième de nos bénéfices,
mais non le dixième de nos recettes. Notre voisin l'épicier
est plus riche que nous, il fait travailler trois garçons,
nous occupons trois cents personnes. Dans quinze ans
il aura dans sa caisse les deux millions que chacun de
nous aura donnés aux pauvres. En revanche, ce marchand de chandelles jouira d'une bien plus grande
considération, parce qu'il aura porté avec discer-
nement au journal *le Siècle* vingt-cinq francs pour
les Polonais et cent sous pour les inondés de la
Loire.

L'autorité réfléchira pendant quelques années. Peut-
être dira-t-elle que la chandelle éclaire plus les masses
que la littérature dramatique. Elle fera judicieusement
observer que l'épicerie est une chose de première nécessité et que l'art est une chose inutile. Toujours est-
il que, les pauvres ayant des rentes, on ne pourra faire
autrement que de réduire à huit pour cent le onze
pour cent actuel. Ce sera toujours ça de gagné.

Puis on criera à nouveau et l'autorité diminuera encore deux pour cent, et les indigents n'en seront pas
plus pauvres.

Si la liberté des théâtres est une nécessité, le nombre
des théâtres va doubler, il y en aura bientôt qua-

rante. Donc en réduisant le droit des pauvres de moitié, les pauvres ne perdraient rien.

Quand les citoyens en question auront épuisé leurs criailleries sur ce chapitre, ils arriveront à une autre question :

— Pourquoi nous censurer si nous sommes libres?

A quoi on répondra :

— Le théâtre exerce une grande influence sur les masses, notre devoir est de le surveiller, de diriger ses tendances.

A quoi les citoyens susdits s'empresseront de répondre :

— Tout a une grande influence sur les masses. Les marchands de nouveautés excitent au luxe, les restaurateurs excitent à la gourmandise, les changeurs excitent à l'envie, les marchands de vins à la débauche. Pourquoi, puisque ce sont des industriels comme nous, ne leur donnez-vous pas des censeurs et des inspecteurs? Pourquoi ne sont-ils pas sous la surveillance de M. le préfet de police et sous la protection du ministre d'État? Pourquoi MM. les commissaires de police ne

surveillent-ils pas leurs ventes et la garde n'est-elle
pas à leur porte?

— Parce que nous faisons le plus grand cas de
vous, messieurs.

Cette réponse flatteuse calmera les orages.

*

En somme, la liberté nouvelle a de grands avantages pour l'avenir et bien peu d'inconvénients pour le
présent. D'ailleurs, si cela clochait, on en serait quitte
pour rétablir le privilége.

.·.

Une seule chose m'intrigue. Si Paris possède bientôt, grâce à la liberté, les quarante théâtres qui lui
sont nécessaires et qu'on prépare déjà, je me demande
avec effroi comment fera M. le ministre d'État pour
occuper à lui tout seul quatorze mille six cents loges
par an?

XI

ADOLPHE DUBIEF, SUCCESSEUR DE M. VERGAMY

L'autre jour, dans la rue Saint-Martin, Vergamy rencontra Dubief.

Le hasard n'était pour rien dans cette rencontre.

Dubief a acheté et payé le fonds de quincaillerie exploité jadis par Vergamy.

Dans les premiers temps qui suivirent cette transaction, Vergamy allait deux fois par semaine faire visite à Dubief sous couleur de lui donner des conseils.

La vérité est que Vergamy éprouvait de temps en temps le besoin irrésistible de *voir* son fonds.

Dubief, pendant ces visites, souffrait singulièrement ; il avait l'air du commis de Vergamy.

Lorsqu'un client entrait pour acheter du fil de fer, Vergamy, qui « connaît son monde, » s'écriait : — Donnez du sept à M. Baudry ! C'est du sept que vous prenez, n'est-ce pas, M. Baudry ?

Dubief était obligé de donner du sept, ce qui l'humiliait beaucoup, parce qu'il avait l'air d'exécuter un ordre.

Sans compter qu'en s'en allant Baudry ne manquait pas de taper sur le ventre de Vergamy en lui disant :

— Ah ! ah ! papa Vergamy, c'était vous qui entendiez joliment votre affaire !

— Avec ça que c'est bien malin de donner du numéro sept ; je l'aurais donné aussi bien que lui, pensait Dubief.

Vergamy faisait la roue.

Un autre client arrivait.

— Deux kilos de pointes, s'il vous plaît ?

Dubief allait peser les pointes; alors Vergamy s'approchait magistralement :

— Ne donnez donc jamais la pointe de Paris à un layetier-emballeur; la pointe Bouillon, il n'y a que ça, voyez-vous; d'ailleurs, M. Damourey n'en prend jamais d'autres. Pas vrai, m'sieu Damourey?

— Diable de papa Vergamy, répondait Damourey, il vous a une mémoire! C'est pas lui qui fera enchérir les dictionnaires!

— Merci, pensait Dubief, v'là trente ans qu'il lui vend deux kilos de pointes tous les trois jours; il n'y a pas besoin d'un baromètre pour se souvenir de ça.

Dubief continuait à être humilié, et Vergamy continuait à faire la roue.

Une voisine entrait-elle acheter un soufflet ou des pincettes, pendant que Dubief *faisait l'article*, Vergamy s'approchait avec un petit air de supériorité :

— Ne prenez pas ça, m'ame Viard; c'est pas votre affaire. Je connais votre numéro, à vous. Il vous faut du solide. V'là ce qu'il vous faut; ça vous coûtera cinq sous de plus, mais vous pouvez vous coucher dessus.

— Ah! m'sieu Vergamy, vous êtes un enjôleur; je ne veux mettre que quarante sous.

— Puisque je vous dis que vous pouvez vous coucher dessus!

Mme Viard, convaincue qu'elle pourrait se coucher sur ses pincettes ou sur son soufflet, mettait les cinq sous.

Et Vergamy se rengorgeait, à la grande confusion de Dubief.

Un matin Dubief dit à sa femme :

— Ce vieux Vergamy commence à m'ennuyer à la fin; je voudrais bien pouvoir m'en débarrasser.

— Ce n'est que ça? moi, à ta place, ce ne serait pas long; il y a même longtemps que ça serait fini.

— Je voudrais bien t'y voir, toi.

— Si tu veux que je lui donne son paquet, tu n'as qu'à le dire?

— Je le dis, répondit Dubief.

Quand Vergamy revint, la quincaillière lui tint tout à fait ce langage :

— Je vas vous dire, m'sieu Vergamy, moi, je ne suis pas pour critiquer les actions de personne, vu que ça ne me regarde aucunement. Mais vous venez toujours casser du sucre sur le dos de mon mari, quand *il fait* l'article, dont ça le mortifie beaucoup. Comme à la fin ça finirait par *l'ostiner*, je viens vous prier de rester chez vous et nous chez nous; chacun chez soi, il n'y aura pas de mécontents.

— Madame, répondit Vergamy, je ne croyais pas jamais avoir la confusion d'être chassé de mon fonds, quand j'y étais pour vos intérêts; tous les jours on apprend à vivre.

— Votre fonds, on vous l'a payé; Dieu merci!

— Madame, je ne vais point à l'encontre; seulement, je vous réitère qu'on apprend à tout âge; voilà mon opinion, madame, soit dit sans vus offenser.

Vergamy ne revint plus.

Mais il fut bien malheureux. Ne pouvant se consoler, il errait dans la rue Saint-Martin comme une ombre échappée aux rivages du noir Cocyte.

Dubief, qui est un brave homme, fut touché d'une douleur qu'il comprenait par intuition.

Chaque fois que sa femme va voir sa fille, qui est en pension à la Chapelle-Saint-Denis, il se met sur le pas de sa porte : Vergamy passe et fait semblant d'apercevoir Dubief; Dubief paraît étonné de trouver Vergamy devant sa porte, et de là une rencontre dans laquelle le hasard n'est pour rien, comme j'avais l'honneur de vous le dire.

XII

LE GENDRE DE M. VERGAMY

— Tiens! s'écrie Dubief, v'là m'sieu Vergamy; ça
va bien?

— Comme vous voyez.

— Diable de papa Vergamy, vous vous portez
comme un pont.

— Dame! j'ai soixante-deux ans.

— Vous les portez bien.

— Tel que vous me voyez, je suis de 1802.

—Naturellement, puisque vous avez soixante-deux
ans; autrement, quoi de nouveau?

— Mon Dieu, rien; et les affaires?

— A la douce.

— C'est l'Amérique?

— Faut bien qu'il y ait quelque chose; votre demoiselle va bien, et votre gendre aussi?

— Mon gendre, mon gendre, tout le monde n'a que
ça à me dire : « Votre gendre »; est-ce que je sais comment il va, mon gendre, v'là plus de trois mois que je
ne l'ai pas vu.

— Vous plaisantez?

— Il n'y a pas de quoi.

— Vous êtes donc brouillés?

— Mon Dieu, nous sommes brouillés sans l'être; je
ne les vois plus. J'habite Villeneuve-Saint-Georges,
mais je me suis tout à fait retiré, je vis seul; j'ai tra-
vaillé pour mes enfants, et voilà où j'en suis, mon
pauvre Dubief.

— Ah! c'est malheureux, par exemple!. On disait
votre gendre un si gentil garçon!

— Je crois bien, comme gentil garçon, il n'y a pas son pareil.

— Un travailleur...

— Lui! il pioche quinze heures par jour depuis le premier de l'an jusqu'à la Saint-Sylvestre.

— Un gaillard malin dans sa partie.

— Il n'y en a pas deux comme lui dans Paris pour le commerce.

— Sage, rangé?

— C'est une fille.

— J'y suis, il n'aime peut-être pas sa femme?

— Il l'adore; il n'y a pas une créature plus heureuse qu'elle dans le monde.

— Eh bien! mais qu'est-ce que vous avez donc contre lui, alors?

— Ce que j'ai; tenez, je vais vous le dire à vous, Dubief; ce que j'ai, j'avais juré de n'en parler jamais à personne, mais ça me soulagera.

— Soulagez-vous, mon père Vergamy.

— Vous savez qu'on vient de percer un boulevard à Saint-Mandé?

— J'en ai entendu parler, mais ça ne fait rien, allez toujours.

— Faut vous dire qu'il y a quatre ans mon gendre avait acheté un terrain qui se trouve juste aujourd'hui à l'alignement du nouveau boulevard, soixante-quinze mètres de façade.

— C'est une chance, ça.

— Pas vrai? vous allez voir. Alors, il y a trois mois, en me promenant, je dis comme ça : j'vas aller voir le terrain à Chienchien (c'est comme ça que sa femme l'appelle, parce que de son nom il s'appelle Gustave).

— Ça ne fait rien, allez toujours.

— Voilà que pendant que j'examinais ce terrain, je rencontre un ancien confrère qui s'était établi dans le temps au coin de la rue du Ponceau, Mérigot. Vous en avez peut-être entendu parler?

— *A la Faucille Verte?*

— C'est ça. Pour lors, je cause avec Mérigot, et vous allez voir ce que c'est que le hasard. Il se trouve que Mérigot avait un terrain de deux cents mètres juste derrière celui de mon gendre, et pas à l'alignement du tout, du tout.

— C'est vexant ça; mais c'est égal, allez toujours.

— Mérigot marronnait, fallait voir! Mettez-vous à sa place. V'là que moi, qui ne suis pas bête, je lui dis : — Faut pas vous désoler, faites toujours bâtir; il y y a des gens qui n'aiment pas à demeurer sur le devant. — Moi! qu'il me dit, faire bâtir là-dessus, j'aimerais mieux manger les moellons; j'ai acheté douze francs le mètre, je donnerais pour dix. — Si l'on vous prenait au mot? — Je serais content. — Combien qu'il y en a? — Quatre cents mètres. — Ca fait quatre mille francs; je les prends. — C'est dit. — C'est dit. Nous allons chez le notaire; nous bâclons l'affaire subito.

— Vous n'êtes pas long, vous, faut vous rendre cette justice.

— C'était le vendredi, vous allez voir. Le surlendemain dont c'était le dimanche, pour lors que j'avais l'habitude de dîner chez mon gendre, j'y vas comme à l'ordinaire. Au dessert, je lui dis comme ça : J'ai un ami, Mérigot, de la *Faucille Verte*, qui est ton voisin, il a auprès de toi un petit lopin de deux cents mètres.

— Je le sais bien, me répondit mon gendre, même que

ça m'ennuie bien. — Pourquoi ça? — Parce que, qu'il me fit, si je voulais vendre ou faire bâtir, ça me gênerait. — Faut acheter ça. — Ah! bien oui! ce pingre-là sait que j'en ai besoin, il voudra me vendre ça les yeux de la tête? — Qui sait? — C'est tout su, qu'il me dit. — Qu'est-ce que ça vaut, à ton idée? que je lui demandais, quinze ou dix-huit francs?

— Pourquoi que vous lui demandiez, puisque vous le saviez?

— Pour voir.

— Pour voir quoi?

— Dame! pour voir.

— Allez toujours.

— Peuh! qu'il me fit, j'en donnerais bien vingt francs comptant. — Bon, que je lui réponds, donne-moi les huit mille francs, et je réponds de l'affaire.

— Je ne les ai pas là, les huit mille francs; mais après-demain, à midi, vous les aurez.

— Bon crédit vaut de l'argent.

— C'est connu.

— Ça ne fait rien; allez toujours.

— Le surlendemain, j'y vas; il me remet les fonds, même que ma fille m'embrassa, parce qu'elle croyait que j'allais y être du mien.

— Puisqu'elle ne savait pas.

— Vous allez voir, Dubief, vous allez voir. Je reviens le soir avec l'acte en règle. Je croyais que mon gendre allait me remercier, que ma fille allait me sauter au cou. Ah! ouitche! des nèfles! Quand ils ont vu que j'avais gagné quatre mille francs, ils sont entrés dans une fureur que j'en ai même honte pour eux. Ils m'ont appelé exploiteur, et un tas d'autres mots à double sens.

— Dame! faut dire que vous les aviez un peu exploités aussi.

— Exploité quoi? exploité qui?

— Votre gendre, parbleu !

— Mon gendre est un ingrat; les affaires sont les affaires. Je n'ai qu'une fille. Si j'amasse, pour qui est-ce, si ce n'est pas pour elle et pour son mari?

— Je ne dis pas; mais, enfin, vous avez mis quatre mille francs dans votre poche.

— Dans ma poche! dans ma poche! Est-ce que je les emporterai, moi, leurs quatre mille francs? Est-ce que tout ce que j'ai ne leur reviendra pas plus tard, à eux... ou à leurs enfants?

———

XIII

LA LAVEUSE DE CHIENS

Mélina Bertrand est la fille d'un cordonnier de Châteauroux.

A dix-neuf ans, elle était jolie à faire damner un missionnaire... Elle épousa un huissier.

Il ne faut pas rire, toutes les jolies filles de Châteauroux n'épousent pas un huissier.

D'abord il n'y a que douze huissiers à Châteauroux, c'est déjà trop, — et il y a plus de douze jolies filles, vous pouvez le demander à qui vous voudrez. Ensuite,

les huissiers de Châteauroux ont une habitude singu-
lière, ils épousent des filles laides, mais qui ont *de quio :*
d'abord, parce que la dot paye leur étude, ensuite parce
que les jolies filles qui ont de quoi ne veulent pas d'un
huissier, et elles ont raison.

Je sais bien que c'est un préjugé; mais si j'étais fille
et si j'avais de la fortune, deux hypothèses invraisem-
blables, je n'aimerais pas à me marier avec un huissier.

L'idée qu'un homme ne pourrait me faire une décla-
ration sans ajouter : « dont le coût est de six francs, »
me mettrait hors de moi-même.

Mélina Bertrand ne partageait pas mes préjugés.
Elle épousa Narcisse Gandois, un brave et digne
garçon, clerc et successeur de M. Peyrache.

Narcisse Gandois n'avait ni la tête ni le cœur d'un
huissier. Sa physionomie était douce et intelligente,
son âme était bonne et accessible. Trop accessible,
hélas! car, après deux ans de mariage, sa femme
l'avait ruiné et rendu la risée de toute la ville. Maître
Peyrache reprit son étude, et Narcisse Gandois se
brûla la cervelle.

Mélina n'avait pas d'excuse ; C......auroux n'est pas une ville de garnison.

Aussi tout le monde lui jeta la pierre.

Ah ! la province !

Madame Gandois ouvrit des grands yeux devant tant de malheurs qu'elle était bien loin de prévoir, il faut lui rendre cette justice ; elle avait jeté son argent et son cœur par la fenêtre ; mais quand elle sut que son mari, trompé et ruiné, s'était tué de désespoir et de honte, sa surprise fut sincère ; elle s'écria :

— La vie est une étrange chose ! j'avoue que je n'y comprends rien.

Quinze jours après, elle quitta Châteauroux pour venir à Paris.

En chemin de fer, elle éclata en imprécations contre sa ville natale.

A Paris, elle se logea dans un hôtel garni de la rue Neuve-des-Petits-Champs. Elle possédait deux mille francs et quelques bijoux sauvés du naufrage, vingt et un ans une figure charmante et de l'esprit. Elle se dit qu'avec tout cela elle pouvait attendre les caprices du destin.

Le destin n'eut pas de caprices.

Mélina Gandois se promenait aux Tuileries, aux Champs-Élysées. Comme elle avait conservé un air provincial et décent, personne ne s'avisait de lui adresser la parole.

Parfois elle s'arrêtait à regarder une fille plâtrée, étalant sa robe de soie dans une somptueuse voiture ; elle la suivait des yeux, aussi loin qu'elle pouvait l'apercevoir, et elle s'écriait avec amertume :

— Je suis bien aussi jolie que ça !

Elle était plus jolie, mais elle n'avait pas fait d'apprentissage.

Si bien que, fort ennuyée de la capitale, elle alla habiter Versailles.

Là, Mélina eut une excuse : Versailles est une ville de garnison.

Madame Gandois habita pendant six ans le chef-lieu du département de Seine-et-Oise. Au bout de ce temps, elle était devenue très-sympathique à l'armée ; elle connaissait à fond la théorie de l'art militaire ; mais tout cela ne fait pas le bonheur.

Un matin, — les cuirassiers étant partis pour Rambouillet, — elle revint à Paris.

Un instant, elle fut sur le point de retourner à Châteauroux, dans sa famille. Ses parents n'étaient pas riches, mais ils avaient du pain. Elle changea bien vite d'idée.

— Moi, retourner dans cette infâme ville, pensa-t-elle, jamais de la vie !

Elle rentra dans le civil, où elle traîna, pendant quatre ou cinq ans en regrettant l'armée. Puis, un beau matin, elle se retrouva seule et délaissée dans l'hôtel où elle était descendue en arrivant à Paris.

Elle eut un peu froid, un peu faim, et sans qu'elle sût comment elle y était venue, elle se réveilla un jour à l'hôpital.

Un interne, natif de Châteauroux, la reconnut et écrivit bien vite dans l'Indre à un de ses amis de collège, qui colporta dans toute la ville le drame de Mélina Gandois. Les anciens amis de la femme de l'huissier firent entre eux une collecte et lui envoyèrent cinq cents francs. En recevant cet argent, qui lui aida à s'installer dans une mansarde de la rue Saint-Georges, Mélina eut un sourire plein de mépris.

— Se mettre treize, fit-elle, pour envoyer cinq cents francs; quelle misérable ville !

Dans sa mansarde, elle serait morte de faim, sans Fanny, la femme de chambre de

MADEMOISELLE RITOURNELLE

Un matin, c'est-à-dire à midi trois quarts, mademoiselle Ritournelle se faisait épiler les bras par sa bonne, lorsque celle-ci s'écria :

— Madame ne sait pas?

— Quoi? demanda Ritournelle.

— Il y a dans la maison là-haut, dans les combles, une pauvre femme qui meurt de faim.

— Eh bien ! après?

— Dame ! c'est tout.

— Qu'est-ce que ça me fait à moi?

— Si madame la voyait, bien sûr que ça lui ferait quelque chose; madame est si bonne.

— Ah! ouath! je suis bien morte de faim, moi, je n'ai pas été le crier sur les toits.

— Madame veut rire.

— Joliment! même que, ne sachant plus que faire, j'avais mangé mes serins.

— Ah! Dieu!

— C'est comme ça. Tu ne croirais pas? Ces bêtes-là ça mange toute la journée, eh bien, c'est maigre qu'on n'a pas idée de ça.

— Ça m'étonne pas, c'est si bête ces oiseaux-là.

— Qu'est-ce qu'elle *fait*, cette femme?

— La misère.

— Que faisait-elle avant

— Il paraît que c'est une femme très-bien qui a été riche et mariée.

— Ah!...

— Oui, madame.

— Ce n'est pas ça certainement qui m'empêcherait de lui faire du bien; je ne suis pas bégueule.

— Je le sais bien.

— Il faudra lui porter du bouillon et le bouilli d'hier.

— J'ai compté sur la bonté de madame. C'est déjà fait.

— Alors qu'est-ce que tu viens donc me rabâcher?

— C'est que si ça avait déplu à madame...

— Tu me fais suer.

Mélina Gandois finit par se rétablir, grâce à la bonne Fanny. Sa première visite fut pour mademoiselle Ritournelle. La lorette, qui pensait que la vertu était une des principales causes de sa détresse, fut froide et gênée avec la femme de l'huissier, qui, de son côté, fut fort embarrassée.

Mélina crut qu'il était nécessaire d'affecter de la dignité dans le malheur; elle fut idiote.

— Vous n'avez pas su prendre madame, lui dit Fanny; il fallait la traiter par dessous la jambe, puisque vous êtes une femme honnête; ça lui aurait donné une bonne idée de vous.

Cependant, Mélina vint tous les jours et cherchait à se rendre utile dans la maison. Elle raccommodait le linge de Fanny; elle recousait les garnitures de jupons de Ritournelle.

Ritournelle se prenait dans toutes les portes. C'était une de ses manies.

Le linge étant raccommodé et les jupons recousus, madame Gandois s'avisa de savonner Ernest.

Ernest était le griffon de Ritournelle.

Ritournelle l'avait ainsi baptisé, en souvenir d'un garçon coiffeur, le seul homme qu'elle eût aimé sérieusement.

Ernest était resplendissant de blancheur, et fit l'admiration de l'univers, lorsqu'il passa sa tête à la portière du coupé de sa maîtresse. En rentrant, Ritournelle fit un sourire aimable à la femme de l'huissier.

— Vous êtes bien gentille, ma petite m'ame Gandois, d'avoir un peu maquillé Ernest.

— Maquillé? fit Mélina, qui voulait mettre à profit les avis de Fanny; maquillé, je ne sais ce que cela veut dire?

— Ah! c'est vrai, répondit en riant Ritournelle; maquiller, c'est ce que vous appelez à Châteauroux débarbouiller; et elle ferma la porte au nez de sa protégée.

Cependant madame Gandois continuait à maquiller Ernest.

Un matin qu'elle était restée dans son galetas, pour gémir sur ses infortunes, Fanny apparut toute rayonnante.

— M'ame Gandois, dit-elle, je crois que je vous ai trouvé une bonne affaire.

— Vous êtes ma seule amie, répondit Mélina avec amertume.

— Madame de Lisbonne est venue hier, continua la femme de chambre ; elle a trouvé Ernest superbe ; elle m'a demandé si c'était moi qui faisais sa toilette ; je lui ai dit que non, que c'était vous. Alors elle m'a dit : Si cette dame voulait venir trois jours par semaine à la maison, pour mes deux *loulous*, je lui donnerais bien vingt francs par mois. Alors je lui ai dit que je vous enverrais ?

— Vous appelez cela une bonne affaire, fit douloureusement Mélina.

— Je les connais, moi, voyez-vous, ces femmes-là ; si madame de Lisbonne, qui est à la mode, vous fait

soigner ses chiens, toutes les autres vous demanderont;
rappelez-vous ce que je vous dis.

— Moi, laver des chiens! s'écria la femme de l'huissier, j'aime mieux mourir de faim.

— Il *faut* mieux laver des chiens que nettoyer avec
son jupon le trottoir d'une vieille rue, dit d'un air
sévère Fanny, qui était honnête à sa façon.

Madame Gandois pleura toute la nuit. Le lendemain,
elle alla chez madame de Lisbonne.

Ce que Fanny avait prédit arriva : la femme de
l'huissier devint à la mode, comme les meubles de
Tahan ou les poupées Huvet.

Bientôt elle ne sut où donner de la tête et prit des
employées.

Un an ne s'était pas écoulé qu'elle avait des économies. Elle vendit son fonds à sa première demoiselle, et
se trouva posséder une somme assez raisonnable.

Alors, un instant, elle eut envie de s'installer plus
convenablement; de se vêtir plus élégamment; mais
la fille du cordonnier l'avait emporté sur la femme de
l'huissier : Mélina était devenue laide et avare.

Puis, le hasard lui avait mis en main un métier plus productif. Voici comment cela se fit.

Dans les premiers temps qu'elle allait chez madame de Lisbonne, celle-ci lui donnait de vieux chiffons. Les autres femmes en firent autant, si bien que la chamb.. de Mélina devint une macédoine de loques. Elle choi sissait et vendait ce qu'il y avait de mieux aux bonnes des maisons bourgeoises; le reste à une chiffonnière. Elle fit longtemps ce trafic, et elle compta un jour dans son tiroir dix mille francs en obligations de chemins de fer.

— Cinq cents francs de rentes! pensa-t-elle; c'est gentil, mais j'en veux davantage, quand ce ne serait que pour humilier cette ignoble ville de Châteauroux !

Fréquentant toutes les biches du quartier, elle vit les changements périodiques qui s'opèrent dans leur existence et sut en profiter. Quand le vent de la misère venait à souffler, elle rachetait pour peu de chose ce qu'on lui donnait autrefois pour rien ; puis, elle étendit son commerce, achetant aux pauvres, vendant aux riches, c'est-à-dire, rachetant le lendemain ce qu'elle avait vendu la veille. Elle a vendu de tout, elle a vendu même ses pratiques ; il est vrai qu'elle ne les a jamais rachetées...

Aujourd'hui, elle est fort riche.

— Voyez-vous, disait-elle l'autre jour, j'ai acquis une propriété dans l'Indre et une maison à Châteauroux ; ça ne rapporte que trois, et c'est le plus odieux pays du monde ; mais c'est un placement sûr.

Et comme on la félicitait sur son honheur et son intelligence, elle reprit d'un ton modeste :

— Dieu a béni mes efforts ; mais, après tout, il n'est pas difficile de se faire une position ; il y a bien de l'argent à gagner dans cette bonne ville de Paris ; la grande question, c'est...

— C'est ?

— C'est d'avoir de belles relations.

XIV

LES MARCHANDES DE PLAISIR

La lorette est morte.

Pauvre chère fille, je la regrette de tout mon cœur.

O vous tous, qui avez eu vingt ans et qui n'avez jamais joué à la Bourse!

Vous tous qui, au milieu des traverses de la vie et des affaires du temps, avez conservé sous votre livrée d'avocat, de médecin, d'écrivain, de banquier, d'ingénieur ou de marchand en gros et en détail, un sourire du passé.

Vous tous qui, une fois en votre vie, avez trouvé les draps de toile du lit conjugal moins doux que les draps de batiste de votre jeunesse,

' Vous tous enfin qui avez été trompés,

Priez pour elle!

Pauvre chère fille, elle en a bien besoin.

Elle avait tué la grisette, elle est morte à son tour.— ' Laissez passer la justice du diable.

La grisette a été chantée et fêtée sur tous les tons. Ah! c'est une justice à rendre à ses contemporains, elle a été bien regrettée, elle et sa mansarde. ·

Quand la lorette apparut avec sa capote de crêpe rose et son châle Gavarni, — vous savez ce fameux châle, qui fait ressembler Amanda à Polymnie; — elle toisa du haut en bas la grisette avec sa robe courte, et fit un geste de dédain.

— Peuh! dit-elle, cette fille qui frétille a le bout des ongles en deuil.

La grisette, furieuse, alla trouver Alcindor l'étudiant et lui dit :

— Venge-moi; la lorette m'a agonie.

—Je n'ai pas le temps, répondit Alcindor, qui venait d'être nommé substitut; je vais venger la société.

La grisette alla chez Cabrion.

—Mon petit Cabrion, s'écria-t-elle tout en larmes, vengez-moi de cette mijaurée de lorette qui m'a dit les cent-z-horreurs de la vie.

—Ma fille, répondit Cabrion, grâce à elle, Camusot achète mes tableaux; allez faire vos cuirs ailleurs.

La grisette ne se tint pas pour battue; elle alla chez Soulaleuf, marchand malpropre, qui lui donnait soixante francs par mois pour avoir le droit de monter les cent vingt marches qui conduisaient à sa mansarde, c'est-à-dire dix sous par marche; mais Soulaleuf lui répondit:

—Ma petite, ce que vous me demandez est impossible, je suis marié et établi; je veux bien faire des sacrifices pour vous, cependant je ne veux pas me compromettre.

Folle de douleur, mais chantonnant toujours, elle acheta un boisseau de charbon, le monta dans sa mansarde et s'asphyxia. Son voisin le tailleur enfonça la porte. Elle fut reconnaissante et, pour le monde, elle mourut deux fois: —du tailleur et du charbon.

Lorsqu'on s'avisa de démolir le Quartier Latin, on la trouva complétement momifiée dans sa mansarde.

Tout Paris accourut pour voir cette étrange petite vieille, qui vivait avec un sou de lait et un petit pain d'un sou, qui passait sa vie à arroser sur le rebord de sa fenêtre un pot de réséda et un pot de pensées, et qui chantonnait du matin au soir son éternel refrain :

Ah ! qu'il est doux d'aller à Romainville ;
    Ce bois charmant
    Pour les amants
    Offre mille agréments.

Comme, malgré tout ce qu'on put lui dire, elle ne voulait pas quitter sa mansarde et ses deux pots, on alla chercher le commissaire de police.

Le bienveillant fonctionnaire arriva, se ceignit le corps de son écharpe tricolore et s'avança vers la récalcitrante.

A sa vue, la vieille parut se réveiller ; sa figure s'épanouit ; elle mit la main sur son cœur, et dit au commissaire, avec une émotion mal contenue :

— Ah ! je vous reconnais, vous êtes M. Paul de Kock ?

Le magistrat, ému de compassion, dit à l'assemblée.

—Je vais envoyer cette brave femme à la Salpê-
trière. Quelqu'un peut-il me renseigner sur son iden-
tité. .

—Moi! fit Amanda en s'avançant modestement et
en jetant sur sa victime un regard panaché pitié et
orgueil; cette femme est la fille Anastasie Griboulot,
dite Paméla, la dernière grisette de Paris.

—A quoi la reconnaissez-vous? demanda le commissaire.

—Mais à ses ongles, monsieur, répondit la lorette
avec dignité.

Les journaux notèrent l'incident, et on n'en parla
plus.

Aujourd'hui, lorsque par aventure on cause de folies
amoureuses ou qu'on cherche un grain de philosophie
dans l'histoire du plaisir, Alcindor, Cabrion ou Soulaleuf ne manquent jamais de dire :

—Ah! tout ça ne vaut pas la grisette!

—Si vous aviez vu la grisette!

—Vous ne verrez plus la joyeuse Frétillon!

—Taisez-vous, vous n'avez pas connu la grisette!

L'aplomb de ces gens qui nourrissaient leurs maîtresses avec un petit pain et un sou de lait, a quelque
chose d'horrible.

Comme je faisais cette réflexion tout haut, Soulaleuf
chanta :

Une femme est un oiseau.

Alcindor répondit avec conviction.

— Oh! mais tous les dimanches, nous allions au
Cadran bleu.

— Les dimanches, c'était très-bien ; mais vous ai-
miez toute la semaine ?

— Parbleu !

— Du reste, ajouta Cabrion, dans ce temps-là tout
n'était pas si cher qu'à présent.

Donc, la grisette était morte, presque enterrée, lorsque la lorette vint au monde. Un homme très-spi-
rituel, Nestor Roqueplan, lui servit de parrain, en
l'abandonnant à Satan, à toutes ses œuvres et à toutes
ses pompes.

Gavarni l'habilla et se fit son historiographe.

Balzac daigna s'occuper d'elle et peindre ses mœurs.

Lancée par ce puissant trio, elle fit dans le monde un rapide chemin.

La lorette est l'exemple le plus frappant et le plus récent de l'amélioration des races.

De même que le mélange de la race arabe et de la race anglaise a produit les chevaux limousins, si fins et si vites, la race courtisane et la race grisette produisit l'espèce qui encombra le quartier Breda.

La lorette participait de la courtisane et de la grisette; mais elle leur fut supérieure en ce sens qu'elle eut plus de modestie que la première et qu'elle mangea moins de galette que la seconde.

La lorette débuta dans le monde du plaisir par deux aphorismes.

La galette est le tombeau de la dignité.

Le chien n'est l'emblème de la fidélité que parce qu'il rapporte.

Or, avec de la tenue et de l'esprit de conduite, on peut aller bien loin.

Malheureusement, il ne suffit pas de partir : il faut arriver.

La lorette s'amusa dans le chemin des noisetiers, en compagnie du sieur Arthur.

Tous deux, vêtus en débardeurs, cancanèrent tant et tant, que cela vint aux oreilles de Coquardeau.

Je ne veux pas revenir sur la lorette, celle-là aussi a été chantée sur tous les tons par les plus charmants esprits du temps, et d'ailleurs trop peu de jours se sont écoulés pour qu'on ne s'en souvienne.

Cependant, comme la traînée laissée par la lorette n'a pas été sans influence sur les DAMES DU LAC, je me permettrai d'en dire quelques mots : il est impossible d'écrire l'histoire de France sans parler des Gaules.

Le gouvernement de 1830, croyant faire œuvre pie, ferma les maisons de jeu. Depuis, bien des gens, Balzac en tête et votre serviteur en queue, blâmèrent cet acte arbitraire, et prouvèrent que le remède avait été pire que le mal.

La roulette et le trente-et-quarante s'en allèrent faire la fortune des Badois, des Hombourgeois, des

Emsois et autres peuples en ois. Malheureusement, le personnel des maisons de jeu demeura à Paris.

Les Grecs s'éparpillèrent dans les cercles et les tripots, les croupiers croupirent dans les tables d'hôte suspectes, les courtisanes cherchèrent par la ville ce qu'elles trouvaient dans le Palais-Royal.

Les Grecs allèrent en prison et les courtisanes à l'hôpital. Mais le sang des martyrs féconde la terre, il poussa un nombre infini de petits grecs et les lorettes naquirent.

Paris, tranquille, bâtissait des quartiers neufs; une ville entière s'éleva entre la rue Saint-Lazare et le mur de ronde; la cathédrale de cette ville neuve venait d'être édifiée sous l'invocation de Notre-Dame de Lorette.

La ville bâtie était superbe; il ne lui manquait qu'une seule chose : des habitants.

Il y avait bien les portiers, mais cela ne suffisait pas.

MM. les propriétaires se gardèrent bien d'habiter leurs immeubles malsains. Ils se mirent en quête pour trouver des malheureux qui voulussent bien essuyer leurs murs.

Ils allèrent dans les quartiers populeux offrir de beaux logements gratis aux infortunés qui habitaient des mansardes. Mais les malheureux répondirent :

— En vous remerciant ; mais vous êtes trop bons mille fois ; nous avons déjà la faim et la misère, nous ne tenons pas à avoir des rhumatismes.

Les propriétaires trouvèrent le peuple odieux, et dirent que si les ouvriers étaient malheureux, c'est qu'ils le voulaient bien.

Or, il arriva qu'un propriétaire, — cet âge est sans pitié, — trouva plus économique de loger sa propre maîtresse dans son immeuble inhabité que de payer un terme rue Louis-le-Grand. Ce propriétaire dénaturé se nommait Jean-Baptiste Lefèvre ; il est mort ; je livre sa mémoire à l'exécration publique. Sa maîtresse Amanda se vengea plus tard cruellement avec un Arthur ; mais elle n'en mourut pas moins d'un rhumatisme articulaire, j'allais dire arthurculaire, mais c'eût été bête.

Amanda avait des amies qui la vinrent voir. Ces pauvres filles s'extasièrent devant la somptuosité du logis et s'écrièrent en chœur :

15.

— Combien payes-tu ton appartement?

— Je ne le paye pas, répondit Amanda; il y a le même au second, au troisième et au quatrième, pour 400 francs celui du second, 350 celui du troisième et 300 celui du quatrième : c'est la même distribution : antichambre, salle à manger, salon, deux chambres à coucher, chambre de bonne, cabinet à l'anglaise, et on n'est pas sévère pour le mobilier et les renseignements.

Huit jours après, les trois amies étaient installées.

Ces trois amies avaient chacune quatre amies, qui louèrent les trois maisons voisines. Ces douze amies avaient quarante-huit amies, qui louèrent la rue Breda tout entière, et vous savez le reste.

Il est probable que la rue Breda eût été une rue unique, non qu'il manquât de femmes dans Paris, mais les femmes manquaient de meubles, et, aussi peu qu'il en fallait, il en fallait un peu.

Alors surgit de je ne sais quel uisseau un homme qui n'était pas un tapissier et une femme qui n'était pas une marchande d'étoffes.

Le flot qui les apporta eut le mal de mer.

L'homme se nommait le vol, la femme la misère,

mais ils se faisaient appeler M. Edmond et madame Ernest.

Ils cherchèrent de par la ville les jeunes ouvrières coquettes, les sous-maîtresses ennuyées, les femmes séparées de corps, les curieuses et les perdues, et ils leur dirent :

— Voici des meubles, voici de la toilette; il y en a pour quatre mille francs; vous nous payerez quand vous pourrez.

Le tout valait à peine mille francs; cela s'appelait la vente à tempérament.

Pourquoi à tempérament? On n'ose pas se le demander.

Quand les deux marchands, — était-ce bien des marchands? — avaient reçu trois mille cinq cents francs, ils faisaient venir l'huissier et reprenaient *leur* marchandise.

Le métier était bon, malheureusement, car les marchands, — oui, c'étaient bien des marchands, — augmentaient, et la nouvelle ville fut bientôt habitée de la rue des Martyrs à la rue d'Amsterdam.

Ce fut le beau temps de la lorette : riche le matin,

pauvre le soir, elle amusa et attrista le monde par ses folies et ses pauvretés. Elle allait de la rue Saint-Georges à la rue du Rocher, du bois de rose au bois peint, du cachemire au tartan avec une insouciance vraiment héroïque. Selon l'occurrence, elle buvait du champagne ou du cidre; elle mangeait des truffes ou des pommes de terre frites; elle aimait des artistes ou des calicots; elle dansait à Mabille ou à la Boule-Noire; elle se faisait appeler madame de Saint-Bernard ou la petite Adèle. Elle achetait une mère pour les grandes circonstances, et quand la mère était vraie, elle lui faisait cirer ses bottines; mais, toujours digne, elle ne fumait que des cigares à cinq sous.

Les murs étant secs, les propriétaires balayèrent leurs folles locataires; ils prirent un air pudibond et majestueux :

— Nous ne voulons plus de filles dans nos im-meubles.

Les penseurs passent leur vie à chercher le moyen de moraliser les masses et de détruire ou simplement de paralyser les progrès de la débauche.

Il y aurait bien un moyen : tuer les propriétaires et

les marchands; mais ce projet, très-beau et très-simple en théorie, est presque impossible en pratique.

C'est malheureux.

Cependant, il faut être juste, le tort n'est pas complétement à ces industriels.

L'homme d'esprit dont je parlais plus haut est un peu coupable. Ce galant homme, j'en suis sûr, ne s'en est jamais douté. L'esprit ne calcule pas.

Et cependant, c'est ce mot *lorette* qui a fait une partie du mal.

Suivez bien mon raisonnement. Supposez une jolie fille, fleuriste ou lingère. Le démon de la paresse l'a saisie par les bras, la vanité l'a prise par la tête, la jeunesse par le cœur. Ceci arrive tous les jours.

Elle ne travaille plus, elle regarde dans la glace et pense à bien des choses. Sa mère survient et la gronde.

— Si tu continues à ne rien faire, tu verras où ça te mènera.

La jeune fille ne bouge pas.

— Tu ne sauras jamais travailler, personne ne voudra de toi.

La jeune fille ne bouge pas.

— Tu veux donc devenir une femme entretenue?

La jeune fille rougit, et, honteuse, retourne à l'établi.

Mais supposez que la mère dise :

— Tu veux donc devenir lorette ?

La jeune fille ne bouge pas et murmure tout bas :

— Tiens, lorette, c'est gentil tout de même.

C'était un trop joli mot pour une vilaine chose.

Si on appelait les employés de la compagnie Richer auditeurs à la cour atmosphérique ou conseillers à la cour des Bottes, il y a beaucoup de gens qui quitteraient l'épicerie.

XV

LES DAMES DU LAC

Do c, la grisette était morte, morte et enterrée.

La lorette avait quitté le monde en chantant un cantique de louanges à la marquise de Lariboisière.

Celles qui ne savaient pas chanter tenaient des tables d'hôtes ou se pendaient à leur cordon de sonnette pour mourir dans la soie ainsi qu'elles avaient vécu.

D'autres, en petit nombre, s'étaient mariées à de braves gens qu'elles avaient rendus heureux en étant malheureuses elles-mêmes, parce que le mariage n'est pas suffisant pour racheter un passé honteux.

L'amour avait mis un crêpe à son carquois et donné ses flèches à repasser au rémouleur du coin.

Certes, il lui restait encore bien assez de travail !

N'avait-il pas les jeunes filles, les femmes mariées et les veuves ? Mais cela ne lui suffisait pas. Le dieu féroce et vaniteux n'aime pas les prêtresses honteuses qui le glorifient en tremblant derrière une porte, ou devant, quand leur mari est à la campagne. Il les appelle dévotes et a rarement pitié de leurs tourments.

Ah ! comme il leur fait payer leur hypocrisie ? C'est cent larmes au grand jour, pour chaque baiser donné dans l'ombre.

Les anciens, qui étaient de braves gens, quoi qu'on en dise, avaient personnifié l'amour par un enfant blond aux yeux bleus, à la lèvre rouge et souriante. Braves et dignes païens, on n'est pas plus naïf ! Il est vrai qu'ils n'avaient pas compris les désastres de leur ridicule invention et qu'ils ne pouvaient prévoir tout ce que le dix-septième siècle, le dix-huitième et le commencement du dix-neuvième diraient de sottises en vers à propos de « ce dieu malin qui n'y voit goutte. »

Ah! l'ignoble petit bonhomme que ce dieu malin! Quel misérable gamin! quel atroce voyou! Avec ses lacs bleus que les anciens lui ont donné avec une si niaise générosité, il traîne à sa suite la honte, la misère, le vol, l'assassinat et l désespoir.

Tout le monde sait cela, et cependant chacun rit en entendant prononcer son nom.

C'est qu'excepté quelques gens forts, qui se nomment Newton ou de Paule, tout le monde le craint, et que ceux qui ne le craignent plus vivent de lui.

Qu'est-ce qui vous met au pied des bottes fines et étroites au lieu de fortes bottes aux puissantes semelles? — L'amour, — et vos bottiers le saluent.

Les autres, ceux qui travaillent ou ceux qui achètent, font comme le bottier.

Les humains, honteux de leur servitude, ont essayé de se tromper eux-mêmes : ils ont inventé des mots et des passions bizarres :

L'Orgueil,

L'Avarice,

La Gourmandise,

La Luxure,

La Paresse,

Le Mensonge,

L'Envie et le reste, depuis la coquetterie jusqu'au meurtre. Tout cela c'est l'amour, rien que l'amour; la paresse est l'amour du repos, comme le meurtre est l'amour du sang.

La luxure est l'amour de la chair, comme la gourmandise est l'amour de la viande.

Ceux qui vivent de tous ces amours, artisans, marchands et marchandes, vendeuses de modes ou bouchers, ouvrent leur boutique au matin, et parfois, au déclin du jour, ils sont stupéfaits de n'avoir rien vendu,

Alors ils se plaignent du gouvernement.

Les affaires ne vont pas, — c'est la paix, — c'est l'emprunt, — c'est la hausse, — c'est la baisse, — c'est la guerre...

Non, chers imbéciles, ce n'est ni ceci, ni cela; c'est l'amour qui se repose, et voilà tout.

Quand la lorette disparut, l'amour se reposa et les affaires en souffrirent; de là, la révolution de Février, qu'on attribue à mille causes futiles.

Quelques intrigants, marchands de dentelles ou de nouveautés, les grosses têtes des boutiques s'assemblèrent en concile.

Après avoir bien délibéré sur les malheurs du temps, ils cherchèrent un remède aux maux qui désolaient la ville.

Ils ne trouvèrent rien.

Trois fois ils se réunirent sans être plus heureux. Enfin, à la quatrième, l'un d'eux, vieillard couronné de vénérables cheveux blancs, demanda la parole.

Sa voix était noble, son geste sympathique. Il commença ainsi :

— Messieurs et chers confrères, pour combattre le mal avec succès, il faut avant tout rechercher la cause du mal.

VOIX A DROITE. — C'est vrai.

VOIX A GAUCHE. — La Palisse est mort.

L'ORATEUR. — Un de mes confrères de la gauche me dit que M. de la Palisse est mort. Je ferai remarquer à l'Assemblée que je n'ai jamais cherché à établir le contraire (*Très-bien! très-bien!*). Je reviens à la question. La cause du mal est la disparition de cette aimable fille que MM. Roqueplan et Gavarni avaient créée à la grande joie de leur siècle, et j'ose ajouter à son grand profit. La lorette n'est plus. La femme honnête est rangée, parce qu'elle est honnête...

UNE VOIX, *à gauche*. — Et honnête, parce qu'elle est rangée.

L'ORATEUR. — Naturellement. Or, il n'y a qu'une chose à faire : ressusciter celle qui n'est plus.

VOIX, *à gauche*. — Ressuscitez-la, vous, si vous pouvez.

L'ORATEUR. — Mon âge s'y oppose; mais je ne suis pas venu à cette tribune sans avoir approfondi la question dans tous les sens. Après la théorie, je passe à la pratique. Nos pères, messieurs, exigeaient que leurs commis fussent couchés à neuf heures. Depuis l'invention du gaz, nous avons pensé avec raison que six heures de sommeil leur suffisait ; l'événement a démontré la justesse de nos prévisions. Nos commis se portent mieux. N'ayant aucune occasion de dépenser leurs appointements, ils font des économies et vont s'établir en province...

LA VOIX DE GAUCHE. — Ou à l'étranger.

LA VOIX DE DROITE. — L'étranger ne fait pas peur à la France.

L'ORATEUR. — Eh bien! messieurs, c'est absurde. (*Explosion à gauche. — A droite. Très-bien! très-bien!*)

L'ORATEUR. — L'étranger, la province s'engraissent de nos dépouilles ; il est temps de mettre ordre à cet état de choses. Laissons nos commis sortir à dix heures du soir. Au lieu de les loger dans nos maisons pour les avoir sous la main, laissons-les errer à l'aventure. Au lieu de lésiner avec eux, de liarder sur leurs appointements, payons-les le plus largement possible.

LA VOIX DE GAUCHE. — A la bonne heure! vous entrez dans la voie du progrès.

LA VOIX DE DROITE. — Mais c'est de la démence !

L'ORATEUR. — Non, messieurs, c'est de la sagesse. Que feront nos commis?

LA VOIX DE GAUCHE. Ils iront jouer au billard.

L'ORATEUR. — J'avais prévu cette objection. Oui, messieurs, ils iront jouer au billard; mais pensez-vous que ce noble jeu suffit à emplir le cœur de cette jeunesse ardente, qui, au premier cri de la mère patrie, quitterait nos rayons pour voler à la frontière?

LA VOIX DE GAUCHE. — Oh! oh!

LA VOIX DE DROITE. — La France peut compter sur la nouveauté.

AUTRE VOIX. — Et sur la dentelle!

AUTRE VOIX. — Et sur la mercerie!

AUTRE VOIX. — Et sur la parfumerie!

L'ORATEUR. — Le courage est l'apanage de tous les articles; mais je prie l'assemblée de ne plus m'interrompre. Le billard ne suffira pas, je le répète, à ces jeunes cœurs qui battent à l'aspect d'une crinoline. Ils iront dans les bals, sur les promenades. Or, messieurs, un auteur très-fameux, à ce qu'il paraît, M. Jules

Janin, que ses confrères ont nommé Prince,   écrit quelque part : « Partout où il y a des femmes, il y a de l'or, et partout où il y a de l'or, il y a des femmes, parce que la femme est l'aimant de l'or et que l'or attire la femme. » Comprenez-vous ma pensée ?

A gauche et à droite. — A l'ordre ! à l'ordre ! à la porte ! à bas l'orateur !

Un tumulte inexprimable se fit dans la salle, l'assemblée brisa les banquettes, et l'orateur malheureux fut mis à la porte avec une brutalité que ses paroles hasardées justifiaient à peine. A partir de ce jour, il devint pour ses confrères un juste sujet d'horreur, si bien que le pauvre homme mourut de chagrin trois mois après cette séance trop orageuse pour ne pas porter quelques fruits (1).

Ce que ce vénérable vieillard avait proposé da   un but qu'on ne doit pas approfondir, n'était pas complétement absurde.

---

(1) Il va sans dire que cette séance est toute fantaisiste, et que celui qui écrit ces lignes a pour les commerçants honnêtes et les employés laborieux la grande considération qui s'attache au travail et à l'intelligence.

Le temps se chargea d'exécuter ses désirs.

Quand les magasins s'agrandirent, il devint impossible de loger les employés. Ceux-ci s'épandirent à droite et à gauche, comme ils purent et où ils purent.

Le besoin de vivre en société leur fit choisir des lieux de rendez-vous. La nouveauté allait ici, la mercerie ailleurs, et l'article Paris partout. Les rubans eux-mêmes ne résistèrent pas au courant.

Un jour, il y a de cela une dizaine d'années, une jeune et jolie fille, qui avait été en apprentissage à la *Boule noire*, tomba éperdûment amoureuse du *premier* d'une maison de blanc. Quand elle ne le voyait pas dans la soirée, elle le cherchait par monts et par vallées. Un soir, croyant à une infidélité, elle suivit M. Anatole, le vit entrer dans un café du boulevard ; elle eut l'audace d'y pénétrer et de lui faire une scène.

Anatole rougit d'abord, mais en voyant l'admiration que sa maîtresse excitait parmi ses collègues, il se radoucit et lui dit d'une voix douce :

— Voyons, voyons, Palmyre, ne te fâche pas ; veux-tu prendre quelque chose ?

Après une résistance douce, la jeune femme accepta.

Le lendemain, M. Désiré, le premier du *Siège de Gravelines*, ne voulant pas laisser à Anatole la joie d'avoir seul une belle maîtresse, arriva tenant sous son bras une jolie fille assez élégamment mise. C'était une certaine Louisa, poseuse pour le col, fort connue dans la rue Pigalle.

Les autres jeunes gens firent comme les sieurs Anatole et Désiré, et, ce jour-là, le monde du boulevard connut les *Cocottes*.

Les boursiers survinrent, les poches pleines d'argent; ils prirent les maîtresses des calicots, et, afin de cacher leur larcin, ils les appelèrent des biches, croyant que les commis ne les reconnaîtraient pas.

Les calicots se mirent à rire, pensant bien qu'ils riraient les derniers.

C'est ce qui arriva.

La biche naît dans une brasserie; son lait, c'est la bière de Strasbourg. Elle a la figure vulgaire et la démarche malhonnête; elle fume le cigare en public et culotte des pipes dans le silence du cabinet.

16

Semblable à ces oiseaux de gouttières qui vivent de ce qu'ils volent dans les cages des serins, la biche ne dîne jamais avec celui qui lui a donné à déjeuner. Elle mange avec deux personnes ; mais, le soir, elle boit avec tout le monde.

Le jour, la biche n'existe pas.

Vers cinq heures du soir, elle sort de chez le coiffeur pour aller chez elle, où sa bonne l'attend avec une boîte de couleurs ; à six heures, elle sort. Son portier ne la reconnaîtrait pas, si elle ne lui devait 16 francs. *Ses* cheveux, enfermés dans un filet, tombent assez bas dans son dos. Sa crinoline a des proportions étranges. La robe balaye le ruisseau où sa maîtresse est née et où elle doit mourir. Touchante reconnaissance du passé, douce religion de l'avenir !

La dame du lac n'a rien de commun avec ces espèces ; elle est à la biche et à la cocotte ce que la rue de Rivoli est à la rue Mouffetard. C'est toujours une rue, mais mieux habitée.

Si l'on forçait tous les Parisiens à porter un habit noir, les marchands de vins pourraient fermer boutique. Un homme qui a un habit ne prend pas un canon sur le comptoir; ce sont les tailleurs qui sont appelés à moraliser les masses; en attendant, ils les tracassent.

Les dames du lac sont moralisées par les couturières. — En voilà qui font bien les choses!

Ce qui distingue la dame du lac des autres dames, c'est sa voiture.

Tous les jours que Dieu fait, elle monte dans sa chaise ou dans sa victoria, à trois heures, et va faire le tour du lac, qu'il pleuve ou qu'il vente; elle n'y manquerait pas pour un empire.

Pendant ces trois heures de promenade, elle ne parle à personne; mais on la voit, c'est tout ce qu'il faut. Elle s'ennuie; mais c'est bon genre.

Le soir, elle encombre les avant-scènes des théâtres.

De même que l'idée de se promener ailleurs qu'autour du lac ne lui est jamais venue, elle ne saurait voir le spectacle ailleurs qu'aux avant-scènes.

Depuis deux ans, toutes les dames du lac sont blondes; c'est la mode. Comment font-elles pour se blondir? Je le sais, mais je ne veux pas le dire, parce qu'il est des secrets qu'il est dangereux de dévoiler.

Pour parler des dames du lac, il faudrait des volumes; élles ne manqueront pas d'historiographes, il ne s'agit que d'attendre.

On savait d'où venait la grisette et d'où sortait la lorette; la dame du lac est une énigme, en ce sens qu'on ne sait jamais à quoi s'en tenir. Tantôt elle sort d'une loge d'un portier de Chaillot, et elle passe par les Délassements pour aller au bois de Boulogne. Ce n'est pas le chemin, mais elle y arrive tout de même. Tantôt elle naît dans les régions élevées de la Société.

Il y a dans les dames du lac des filles de marquis et des femmes de comtes; c'est malheureux à dire, mais cela est ainsi.

Il y a aussi des bas-bleus qui ont fait des livres qui n'étaient pas absolument idiots et qui traitaient de matières philosophiques.

Il y a aussi des braves filles qui disent en parlant de M. X... ou de M. Z...

— C'est un homme très-chic; il m'a donné une

coupe qui valait plus de trente louis; il l'a achetée chez Sèvres.

Plus tard, nous prendrons quelques figures chez ces charmantes mondaines. La série nous semble assez longue ainsi; nous passons la main.

XVI

LA GRUE

La grue est plus commune et moins chère pendant la saison de la chasse.

Non qu'à cette époque on en tue davantage, mais parce que les chasseurs sont à la campagne.

La grue offre cette particularité qu'elle est le seul oiseau parmi les cultrirostres qui n'émigre que l'été : elle passe l'hiver à Paris.

Au printemps, la grue vulgaire part pour des rives prochaines. On la trouve à Asnières, à Chatou, à Bougival, dans les endroits où les petits vautours de la Bourse vont se délasser de leurs travaux.

La *grue cendrée* préfère les plages lointaines ; on en rencontre à Trouville et sur les bords du Rhin.

M. de Buffon, qui est naïf comme tous les hommes de génie, assure que les grues voyagent en volant.

Dans l'intimité, la grue est familière et s'apprivoise facilement ; mais il est impossible de l'instruire de façon à la faire travailler devant le public.

Elle chante faux, elle marche faux ; mais elle voit juste.

Pour faire des embarras, elle affecte de ne se nourrir que de serpents ; mais elle adore des poissons, qui lui reviennent, du reste, plus cher que des reptiles ordinaires.

La grue vulgaire est très-commune à Paris ; la grue cendrée est plus rare partout, bien connue seulement de ceux qui étudient avec amour l'histoire naturelle.

La grue cendrée porte des chapeaux bleus, des robes bleues. Elle va au Bois. L'intérieur de son coupé est bleu, la caisse de son coupé est bleue, les roues de son coupé sont bleues rechampies de bleu. Le cocher de son coupé est également bleu.

Le bleu est le fard des blondes.

Cet aphorisme est stupide et faux. Le rouge va admirablement aux blondes. Mais la grue a le privilége de croire à toutes les stupidités banales.

Avant d'arriver aux bords du lac à la recherche des hérons et des cormorans, la grue a passé par le théâtre. Elle y est restée juste le temps de dire une bêtise.

C'est elle qui alla trouver un jour le directeur d'un petit théâtre du boulevard :

— Monsieur, lui dit-elle, je voudrais jouer la comédie.

— Vous n'êtes p s difficile, répondit le directeur.

— Non, monsieur, reprit la grue, vous me ferez jouer ce que vous voudrez, et vous me payerez comme vous l'entendrez.

Séduit par tant de facilités, l'impresario engagea l'enfant, parce qu'il la trouvait charmante d'abord, et d'ailleurs tout à fait raisonnable dans ses prétentions.

Il lui confia un rôle dans *Madame de Valombreuse* ou *les Inconvénients de la richesse*, celui de la bonne.

Un monsieur, qui s'intéressait à elle, mit quelque argent dans l'affaire, moyennant quoi il obtint que, dans la pièce, la bonne serait une demoiselle de compagnie.

Elle avait sept mots à dire : « Madame la comtesse, voici le feu d'artifice. » Elle répéta pendant six semaines.

Le soir de la première, elle arriva couverte de diamants et dans la plus éblouissante toilette que grue puisse imaginer.

Ce fut en vain qu'on lui représenta que la demoiselle de compagnie ne devait pas être mieux habillée que la comtesse : elle ne voulut rien entendre.

Enfin son tour arriva de prononcer la fameuse phrase; elle interposa les syllabes : « Madame *la comtice*, s'écria-t-elle, voici le feu... »

La salle éclata de rire, naturellement.

Il suffit de faire rire Paris pendant cinq minutes pour devenir une illustration.

Du jour où la grue eut prononcé cette bêtise incommensurable, comme aurait dit le grand Balzac, sa fortune fut assurée. Elle fut sacrée grue de première catégorie et reçue avec enthousiasme dans le monde *gruiste*, qu'il ne faut pas confondre avec le monde élégant.

Comme tous les États qui se respectent, la grue a un budget assez sérieux au chapitre des dépenses.

Comptons ensemble :

D'abord, le loyer, six mille francs, ci.	6,000 f.
Entretien de deux voitures, six cents francs (il n'y a rien à dire à ça), ci. . . .	600
Nourriture de deux chevaux, à cinquante sous par jour, ci.	4,800
Le cocher, cent francs par mois, ci. . .	1,200
Pour faire tondre et ferrer les chevaux, fourniture de couverture et livrée, et autres *faux* frais, deux mille huit cents francs (c'est pour rien), ci.	2,800
Une femme de chambre, trente-cinq francs par mois, soit trois mille francs, ci.	3,000
Une cuisinière, quarante francs par mois, soit trois mille francs, ci.	3,000
A reporter	21,400

Report   21,400

Un valet de chambre, soixante-quinze francs par mois, soit neuf cents francs; mais il fait des échanges avec madame, soit trois cents francs, ci.   300

Dépenses de la table, chauffage, éclairage, blanchissage, etc., etc., soit. . . .   14,600

Toilette (la grue est soigneuse). . . .   12,000

Fantaisies et gaspillage.   10,000

Pour sa famille qui n'est pas heureuse   60

TOTAL : Cinquante-huit mille trois cent soixante francs, ci.   58,360 f.

C'est assez gentil.

Au chapitre des recettes, il y a monsieur le baron Scomber d'Halobranches.

Le baron Scomber (prononcez Scombre) est un gentilhomme de cinquante ans, d'une mise convenable, qui parle peu et qui affecte une grande dignité. On ignore généralement d'où il vient, mais tout fait supposer qu'il arrive de Hollande.

La grue le trompe outrageusement avec M. Henri Serin.

Henri Serin n'est pas bête comme on le croirait ; il a de bons yeux. Trois ou quatre fois par an, il fait à la grue une petite scène dans le genre de celle-ci :

— Chère amie, je vous passe le baron Scombre, parce que c'est un vieillard, et que, d'ailleurs, je vous aime trop pour ne pas songer à votre avenir ; mais je vous déclare que je vois des choses qui ne peuvent pas me convenir plus longtemps.

— Quoi donc ? demande la grue.

— D'abord ce grand imbécile d'Ernest Daim, qui est toujours fourré ici.

— Vous êtes jaloux d'Ernest, maintenant ? Eh bien, il ne vous manquait plus que ça !

— Je suis jaloux sans l'être.

— Voyons, mon cher, pensez-vous que je puisse aimer cet être-là ?

— Non, mais il me déplaît.

— Et à moi, donc ?

— Pourquoi le recevez-vous ?

— Pourquoi je le reçois, ah ! voilà ! Tenez, Henri;

17

je veux être franche. Vous savez que je vous aime, puisque pour vous je risque ma position avec le baron. Mais, mon cher ami, vous devriez bien comprendre que ce n'est pas avec les 1,500 fr. que vous me donnez par mois que je puis vivre, n'est-ce pas ?

— Sans doute, mais...

— Ernest me fait mille cadeaux ; il s'occupe de mon écurie, qui ne me coûte pas un sou ; il ne demande qu'un peu d'amitié en échange. Je serais trop bête de le congédier pour votre sotte jalousie. Dans le fond, vous savez bien, et vous n'avez qu'à le regarder pour comprendre que c'est un ami et pas autre chose, et pas autre chose, et pas autre chose.

— Mon Dieu, je ne dirais rien pour celui-là ; mais pourquoi allez-vous au théâtre et aux courses avec Victor Pigeon ?

— Ah ! celui-là, c'est différent. Je ne vous ai jamais caché qu'avant de vous aimer, Victor était mon ami. Vous l'ai-je dit, oui ou non ?

— Oui, mais...

— Ah ! vous voyez bien. Victor est un homme du

monde, lui. Quand je ne l'ai plus aimé, j'ai été franche avec lui, je lui ai tout dit ; il m'en a su gré.
Maintenant, Victor est plein de goût ; il s'occupe de
mes toilettes, de mes bijoux, de ma maison, ce que
vous ne faites jamais, et tout cela de la façon la plus
désintéressée du monde. Faut-il le congédier parce
que vous avez le mauvais goût d'être jaloux de lui ?
Est-ce que je suis jalouse de mademoiselle Géranos,
votre ancienne maîtresse, moi ?

— Cependant...

— Il n'y a pas de cependant. Je vous consacre tout
le temps que le baron me laisse, je ne puis faire davantage ; si cela ne vous plaît pas, si c'est une querelle
d'Allemand, dites-le, mon cher, nous ne sommes pas
mariés ensemble.

Henri Serin s'en va la tête basse et envoie une des
merveilles de Tahan pour faire sa paix.

Ernest Daim vient ensuite faire sa scène. La grue
cendrée lui répète mot pour mot ce qu'elle a dit à
Henri Serin.

Victor Pigeon arrive à son tour faire des interpellations. La grue cendrée lui répète ce qu'elle a dit aux deux autres, et tous trois s'en vont ravis.

Or, en comptant :

Henri Serin, quinze cents francs,

Victor Pigeon, douze cents francs,

Ernest Daim, douze cents francs,

On trouve trois mille neuf cents francs par mois, soit par an quarante-six mille huit cents francs, ci . . . . 46,800 f.

BALANCE

Dépenses. . 58,360 fr.   *Recettes* . . 46,800 f.

Deficit. . . . . . 11,560 f.

Heureusement, un philosophe de Wiesbaden, touché de l'amour que la grue a pour sa famille infortunée, lui a fait gagner les onze mille cinq cent soixante francs qui lui manquent pour équilibrer son budget.

Ainsi la nature sait pourvoir aux besoins de tous.

— Pardon, mais le baron Scombre ne donne-t-il rien?

— Lui, donner de l'argent aux femmes? Allons donc, vous ne le connaissez pas. Il donne son nom et

c'est beaucoup. La grue sait cela, et elle le ménage.
Toute grue qu'elle est, elle n'ignore pas qu'Henri
Serin, Ernest Daim et Victor Pigeon ne seraient pas
hommes à s'aller ruiner pour une femme qui ne serait
pas au moins la maîtresse d'un baron.

XVII

UN MOBILIER DE GARÇON

— Alors, dit André, tu viens déjeuner !

— Mais, oui, je viens déjeuner, répondit Jacques.

— C'est bien aimable de ta part.

— Oh !

— Ah ! mais non, là, vrai, c'est bien gentil, bien gentil à toi.

— Ne m'avais-tu pas invité ?

— Oh ! tiens, c'est vrai.

— Tu ne t'en souvenais plus ?

— Par exemple ! Si, certainement.

— Comme tu me dis cela ?

— Dame ! je ne puis cependant pas t'apporter les clefs de la table sur un plat d'argent, la table n'a pas de clefs, et si j'avais un plat d'argent...

— Si tu avais un plat d'argent ?

— Je le négocierais.

— Pourquoi faire ?

— De l'argent donc !

— Veux-tu ma bourse ?

— Qu'est-ce qu'il y a dans ta bourse ?

— Peuh ! une trentaine de louis.

— Ce n'est pas assez.

— Bigre !

— Tiens, mon bon Jacques, j'aime mieux te dire la vérité ; n'ouvre pas tes grands yeux, et écoute-moi.

— Va.

— Tu n'as rien vu à la porte ?

— La porte cochère ? Non.

— C'est que tu n'auras pas regardé.

— Regardé quoi ?

— Une affiche.

— Quelle affiche ? Pour Dieu, finissons-en, expli-que-toi.

— Mais je m'explique : une affiche jaune.

— Jaune ou vert, je n'ai rien vu sur la porte.

— C'est que mon domestique Pamphile, qui est plein de vanité, l'aura arrachée.

— La porte ?

— Non, l'affiche.

— Je ne voudrais pas te dire mon opinion, mais tu m'agaces horriblement. De quoi s'agit-il ?

— D'une affiche.

— Que disait cette affiche ?

— Elle disait qu'à deux heures précises, tout ce que tu vois là, chaises, buffets, lits et literies, meubles meublants et autres, seraient vendus au plus offrant et dernier enchérisseur, et que les adjudicataires

payeraient cinq pour cent en sus des enchères ! Voilà ce
qu'elle disait en style de commissaire plus priseur que
français.

— Tu plaisantes ?

— Franchement, il n'y a pas de quoi.

— Pour combien es-tu saisi ?

— Mille écus.

— Une misère !

— Quand on les a.

— Bon ! je prends une voiture, je vais chez Gagny,
chez Villecresne, chez Raseville ou chez La Saulaye,
et je te rapporte ça dans une heure. Au revoir, à
bientôt.

— Pardon, pose ton chapeau.

— Mais !...

— Et ta canne.

— Cependant...

— Écoute-moi bien : tu es un bon garçon, merci ;
mais assieds-toi. D'abord, je dois quinze louis à Gagny,

trente à Villecresne. Je suis brouillé avec Raseville et La Saulaye n'a pas le sou.

— Qu'est-ce que cela fait ? C'est bien le diable si à nous cinq...

— A vous cinq vous ne ferez rien ; la fin est arrivée, je suis saisi pour mille écus aujourd'hui. Si je payais, ce serait à recommencer demain et les jours suivants. J'aime mieux ne pas commencer du tout ; hein, Jacques, tu comprends ? Voyons, mon ami, déjeunons ; dans les grandes circonstances, il faut montrer de l'estomac, les imbéciles prennent ça pour du caractère.

— Tu es d'une philosophie !

— A toute épreuve.

— Je n'en reviens pas, laisser vendre ton mobilier auquel tu tenais tant.

— J'y tenais, parce que je sentais qu'il allait me quitter, c'est toujours comme ça. Veux-tu des sardines ?

— Merci

— Vois-tu, bon Jacques, il faut savoir prendre son parti. Mais bois donc. Pour parler franchement, je suis vexé. Je n'ai plus de fortune : pour toute espérance j'ai mon oncle La Martolaye, un vieux ladre millionnaire, qui se porte mieux que moi. Prends une côtelette.

— Pourquoi ne lui as-tu pas écrit ?

— J'ai mieux fait, je lui ai envoyé, il y a quinze jours, une dépêche ainsi conçue :

« *Moi plus avoir rien.* —*Huissier vendre mobilier* — *Bon oncle frère à maman, pas laisser petit nègre sans pain dans la rue.* »

— C'était très-éloquent : qu'a-t-il répondu ?

— Voilà :

« *Chambre meublée très-bonne. Moi faire pension cinq cents francs par mois, mais plus vouloir entendre parler de vous.* »

— C'est maigre.

— Hélas ! Enfin je te l'ai dit : je suis philosophe. Je dis sans chagrin adieu à la vie aimable. Je ne regrette rien. Je vais voir si mes amis sont sincères et si ma maîtresse m'aimait.

— Moi, à ta place, je ne regarderais pas.

— Tu es bien gentil de me consoler ainsi. Ne te tourmente pas : j'ai fait mon deuil.

— Et là, vrai, tu ne regrettes rien ?

— Eh bien, si ; avec toi je ne pose pas. Je regrette amèrement tout ce que tu vois là. Un peu de champagne ?

— Merci.

— Oui, tous ces meubles, tous ces objets inutiles, vont me manquer beaucoup. Ce n'est pas beau ici. Ils ne vont pas vendre mes bibelots mille écus, bien sûr. Mais, si j'avais de l'argent, je ne les donnerais pas pour cent mille francs.

— Cent mille francs, c'est quelque chose.

— Non, pour cent, ni pour deux cent mille, je ne les donnerais pas. A ta santé, mon bon Jacques. Si tu

savais tout ce que me racontent ces pauvres amis en
chêne et en bois de rose! Je puis te dire ça à toi qui
comprends tout... Donne-moi encore du champagne,
plus nous en boirons, moins l'huissier en aura. A la
tienne.

— Certes, lorsqu'on est habitué, je conçois...

— Oh ! ce n'est pas l'habitude, ce sont les souvenirs
qui donnent un grand prix à ces riens. Tiens, regarde
cette chaise.

— Ça?

— Oui, ça ; elle ne te dit rien, à toi, n'est-ce pas ?

— Je l'avoue sans honte. D'ailleurs, je n'aime pas
assez la tapisserie pour causer avec elle.

— Eh bien ! pour moi, elle babille un tas de choses.
Ce bouquet de roses est affreux!...

— Oh ! oui.

— Moi, je le trouve ravissant. Quand le matin je
m'éveille, il me dit :

— Vous savez qu'*elle* m'a brodé en pensant à vous?
Elle était à la campagne ; *elle* me souriait en songeant

que lorsqu'*elle* m'aurait achevé, son exil serait fini. Chacun de mes points est une de ses pensées ; chacune de mes couleurs est une de ses espérances. Un jour qu'*elle* n'avait pas reçu de lettre de vous, *elle* a laissé tomber une larme sur cette feuille. Encore à boire, ami Jacques.

— Elle t'adorait, cette fabricante de chaises.

— Cette statuette que tu vois là, je l'ai achetée un jour que je n'avais pas d'argent, pour me persuader que j'étais riche. C'est la Polymnie ; elle porte sa tunique comme si elle était du faubourg Saint-Germain. J'ai ri bien souvent : j'avais persuadé à Rosa Verdier que c'était une ancienne maîtresse à moi ; elle était furieuse.

— C'est la muse qui aurait dû être en colère.

— Tiens, ce tableau, qu'est-ce que tu crois que ça représente ?

— Ça, attends donc. C'est la prise de Sébastopol.

— Erreur : c'est toute une histoire. Un jour je me baignais à la grenouillère de Croissy...

— Si c'est bien long, buvons un peu.

— Buvons beaucoup. Un grand garçon blond, fort mauvais nageur, se baignait aussi. Nous étions seuls. Tout à coup je le vois disparaître. J'attends, croyant qu'il piquait une tête ; mais j'attendais en vain, il ne remontait plus. Je plonge et je le ramène à la berge. Ah ! ah ! dis-je à mon noyé, vous avez bu un fameux coup ? Devine ce qu'il me répond. — Monsieur, je bois comme je l'entends, ça ne regarde personne.

— Cette réponse dénotait une certaine fierté.

— Ah ! bien oui, de la fierté, c'était du désespoir. Le drame du pauvre diable était d'une simplicité antique. Il avait aimé. Quand on aime, on ne travaille pas. Quand on ne travaille pas on ne gagne pas d'argent, et quand on n'a plus d'argent, il arrive qu'un beau soir on reste toute la nuit à attendre à la fenêtre un petit chapeau rose qui ne reviendra plus.

— C'est désagréable, quand il fait froid.

— Et aussi quand il fait chaud. Je consolais mon sauvé en lui apprenant que son histoire était celle de

tout le monde, et je lui prêtai quelques louis pour sub-
sister jusqu'à l'exposition prochaine. Un matin il vint
me voir ; il était radieux ; il me rapportait mon argent
et ce tableau qui, un jour, vaudra cinq mille francs.
Voilà comment les artistes payent. — Prenez cette
toile, me dit-il, elle vous rappellera ce que vous avez
fait pour moi. — Ah ! à ma place vous en eussiez fait
autant. — Ce n'est guère probable, mais c'est possible.
Ce qu'il y a de certain, c'est que depuis ce fameux bain
tout me réussit : vous m'avez porté bonheur.

— Vous êtes heureux ?

— Comme u   roi !

— Et vous avez oublié le chapeau rose? lui demandai-je.

— Ah ! oui, me répondit-il, nous en avons acheté
un bleu.

Quand ce loyal garçon saura que sa toile a été
vendue, il dira : — Bon, en voilà un qui a négocié ma
reconnaissance. En vérité, mon cher ami Jacques, je
suis bien désolé.

— Eh bien, bois, ça passera.

— Ça passera ; ce n'est pas sûr. Je ne te parle pas de mon lit Renaissance lambrequiné de tapisserie du temps.

— Tu fais bien.

— Mais tiens, cette table où nous avons si souvent soupé, elle ne vaut pas soixante francs ; eh bien ! il me semble qu'on ne mange que sur cette table, et que lorsqu'elle sera vendue, je ne souperai plus.

— Bon ! tu souperas chez Brébant, voilà tout.

— Celle-ci, où nous avons si souvent joué la bouillote et taillé des bacs, quand elle s'en ira, je me figurerai que j'ai passé la main pour l'éternité.

— Tu iras à Ems.

— Je n'aurai plus de tête-à-tête, quand je n'aurai plus ce canapé.

— Absurde ! c'est comme si tu te persuadais que tu n'auras plus de chemises, quand on aura vendu ton bahut.

— Qui sait !

— Ni de mouchoirs de poche.

— Peut-être. A coup sûr, ce n'est pas Lia qui viendra de ses longues mains blanches fourrer de l'iris de Florence dans les tiroirs vulgaires d'une affreuse commode.

— Bois et continue, tu m'amuses.

— Tu es bien bon ; où en étions-nous ?

— Où tu voudras ; faisons l'inventaire. Est-ce que tes yeux se mouilleront de larmes, quand tu feras tes adieux à ces pincettes ?

— Je crois bien. C'est avec ces pincettes-là que je prenais le papier timbré des mains de mes créanciers.

— Tu mettras des gants ?

— Il faudra bien. Ces deux écrans, c'est un cadeau de ma cousine Renée.

— Avec des pensées et des myosotis.

— *Pensez à moi, ne m'oubliez pas.*

— Un pléonasme !

— Oui. Elle vint ici deux ans après son mariage.
Nous parlâmes du passé et du présent aussi. Je n'ai
jamais pu savoir si elle rougit, car elle garda l'un de
ces écrans à la main tout le temps. Elle avait seize ans,
quand elle me les donna. Avait-elle deviné qu'elle s'en
servirait sept ans plus tard ?

— Les femmes, ça pense à tout.

— Ce coffret renferme des autographes chers à mon
cœur. Ce tapis de mousse sur lequel tu mets tes
bottes crottées, m'a été donné par une petite fleuriste
charmante. Elle travaillait tout le jour, m'aimait toute
la nuit et elle me trompait et brodait le dimanche au
lieu de se reposer. Malgré cette fiévreuse activité,
elle était plus pauvre que Frétillon. Elle ne travaille
plus depuis trois ans. Elle est fort à son aise.

— Naturellement.

— Ici, chaque chose a son passé, chaque bibelot a
son histoire, l'idée de quitter tout cela me rend fou, je
serai long à me consoler.

— Voyons, cher ami, du courage.

— Ah! mon pauvre Jacques, je suis bien malheureux.

— Une lettre de la province pour monsieur, dit Pamphile en entrant.

— Oh! oh! dit André, qu'est-ce que cela peut bien être?

— Qui sait? le doigt de Dieu, peut-être, fit Jacques.

— Non, répondit André, c'est la main d'un notaire, maître Robinier. Ah! mon Dieu...

— Quoi!...

— Pamphile, vite du linge, il y a un train direct à deux heures, et il est une heure et demie.

— Il faut que tu partes?

— Sans retard.

— Un malheur?

— Non, c'est-à-dire si; mon oncle La Martolaye est mort et je suis son légataire universel. Lis toi-même.

— Quelle chance !

— Pamphile, vite, dépêchez-vous.

— Quel bonheur ! tu vas pouvoir sauver ton mobilier.

— Quel mobilier ?

— Tes chers meubles auxquels tu tiens tant ; tes
créanciers vont tomber à tes genoux en voyant cette
lettre.

André regarda Jacques avec cette douce commisé-
ration qu'on éprouve pour les gens fous.

— Comment, dit-il, tu te figures que je vais garder
ces vieilleries-là ! Tu deviens idiot, donc ?

— Tout à l'heure, tu ne voulais pas le donner pour
cent mille francs.

— Je disais cent mille francs comme j'aurais dit
autre chose.

— Tu fais vite bon marché de *tes souvenirs et de tes
regrets.*

— Quand on est riche, on n'a plus de regrets.

— Bon, cher ami, mais les souvenirs?

— Peuh ! dit André en fermant sa malle, mes souvenirs! qu'est-ce que j'en ferais maintenant que j'ai
toutes mes espérances ?

FIN

TABLE

FIN DE LA TABLE